全身どこでもが、頂点に誘いあげる性感帯だ。
半変化の耳が倒れて、尻尾がちぎれそうなくらいパタパタと
勝手に揺れてしまう。
『あふぅ……ん』
ふいに尻尾をつかまれて、腰が砕けて切ない鼻声をあげてしまった。

狼少年と意地悪な黒豹の悩める恋情況

末森ちや

AZ BUNKO
イースト・プレス

CONTENTS

illustration 椿

狼少年と意地悪な黒豹の悩める恋情況

春休みも終わって、高校三年に進級した朝。

亨《とおる》は、『まもなく始業式が始まります。全校生徒は急いで講堂に集合してください』という放送部の校内アナウンスを聞きながら、新教室のドアを開けた。

ほとんどの生徒はすでに講堂に移動したあと。残っている数人の中から親しい顔ぶれが振り返って、亨におはようの手を挙げた。

「よ、片桐《かたぎり》。遅いじゃん」

「移動、はじまってんぞ。早く講堂いこーぜ」

「おお、待っててくれたんか」

「始業式、始業式。新任紹介が楽しみだ」

一年のときからの気の合う仲間、大川《おおかわ》と山田《やまだ》と吉井《よしい》だ。二年ではクラスが別々になってしまったけど友達つき合いは続いていて、クラスメートとして同じ教室に三人揃《そろ》うのは一年ぶりなのだ。

「なに、なんか変わった先生でもきた？」

「さっきさ、職員室の前で外人がいるの見たんだよ」

吉井が好奇心満々なようすで、制服のボタンを襟までかけながら報告する。

家から一番近いという理由で亨の選んだこの私立高校は、創立八十年を誇る伝統ある男子校で、制服は古式ゆかしき金ボタンの学ランなのである。——近いと言っても、北海道の田舎のこと。丘陵地帯の曲がりくねった谷あいを越えたふたつ先の町にあって、家から電動アシスト自転車を飛ばして片道約一時間。悪天候の日だと、バスと私鉄電車を乗り継いで二時間の距離であるが。

「外人？　どんなやつ？　女？」

訊《き》いた亨も、表情に好奇心を表す。

「美女だったらなおよかったけどね」

「いや〜、男でもあれだけイケメンなら許せる。背が高くてすげえかっこいいのよ。ハリウッド俳優かと思うくらい」

「へえ」

ハリウッドといえば、マッチョで男臭い俳優を連想してしまうアクション映画好きな亨である。

「新しい英語講師かなあ」

大川、山田、吉井は、期待で目を輝かせながら講堂に急ぐ。

亨もそうだが、こんな田舎で外国人が身近な存在になるなんて、ほぼ初めてと言っていいくらいめずらしい。高校三年になったばかりの十七歳男子にとって、本当にハリウッド俳優なみに別世界の人間に遭遇でもするような気がして、子供っぽい好奇心が抑えられないのだ。

「あ、ほら。あれあれ」

講堂に続く渡り廊下に出ようとしたところで、職員室の方向から教師たち数人が歩いてくる。中でも頭ひとつ突き抜けた長身の外国人男性を見て、足をとめた大川が不躾《ぶしつけ》に指差した。噂《うわさ》をすればなんとやら――。

亨は思わず苦笑いしながら、大川の人差し指をつかんで下ろさせた。

しかし、なるほどである。安直に想像したマッチョなハリウッド俳優とは違って、どちらかといえばスレンダー。だけど彫りの深い端整な顔立ちと、艶《つや》を帯びた柔らかそうな黒髪。隣で喋《しゃべ》る理事長がダックスフントに見えるくらいに際立って足が長く、その均整のとれた容姿は確かに一般人とかけ離れてかっこいい。はっきり言って、イケメンという言葉が安っぽく感じられるほどの美形だ。

一番上の兄が身長百八十九センチあるから、見慣れた目線の感覚でわかる。彼の身長も確実に百八十九、誤差はせいぜい一センチといったところだろう。

間近な距離に立つと、瞳《ひとみ》の色が黒いのが見て取れた。月のない夜空のように、表情を見せない深い暗色。

すれ違いざま、彼の視線がゆっくり巡り、見あげる亨の視線を捉《とら》えた。

とたん、亨の全身がザワリと総毛立った。頭の中で本能が「獣だ！」と、叫んだ。

目が合った瞬間、黒い瞳の奥に金色の鋭い煌《きら》めきが走るのが見えたのだ。

なにをするでもないのに、ただ視線だけで押し寄せてくる、威圧感とも挑発的とも言える得体の知れない気配。目を逸《そ》らしたら喰《く》われてしまいそうな、その場にいる他の誰《だれ》にもわからない異質な感覚——。

亨の住む村は、古くからこの北の地に定住する人狼の里だ。代々の頭領である片桐家の統率のもと、秩序ある暮らしと血統を守って暮らしてきた。大昔は人間が足を踏み入れない秘境だったそうだが、明治時代の開墾に遭い、一族の存続のため狼《おおかみ》の姿を潜めて人間社会に溶けこんだのである。

そんな、頭領家の強靭《きょうじん》な血を受け継ぐ亨にしか感じとれない……、人狼である亨だけが受け取ることのできる異種獣の気配だ。

アッシュがかった長めのレイヤーカットの髪先が、緊張で灰色に変化していく。睨《にら》み返す色素の薄い瞳が、意識せず青味を帯びていく。

「おまえら、早く講堂に入れよ」

ジャージ姿の体育教師が、居丈高な調子で声をかけた。

ふと外国人男の視線が外れ、唇のはしに薄い笑みが浮かんだような気がした。

我に返った亨の瞳の色が戻り、背筋にしっとり汗が滲《にじ》んだ。

「せんせー。その人、英語の講師っすか？」

臆《おく》さない大川が、また指差して堂々と訊《たず》ねた。

「英語じゃないぞ。なんの先生かは、紹介までのお楽しみだ。さあ、さっさと講堂に入って整列しろ」

もったいぶって答えると、教師の一団は笑いながら亨たちを追い越していく。

講堂への渡り廊下を進む外国人男の後ろ姿を見ながら、亨はわずかに肩を緩めて息を吐き出した。つい髪と目の色が変化しかかってしまったけど、大川たちに見られただろうかと窺《うかが》ってみると……。幸いなことに誰も気づかなかったようだ。

講堂に入ってクラスの列に並ぶと、すぐに退屈な始業式が始まり、理事長の挨拶《あいさつ》やら校長の訓辞などが順次続く。しかし、いつもならあくびを噛《か》み殺しつつ半分は聞き流している亨だが、今はそんな呑気《のんき》な心境じゃない。新職員の紹介はまだかと、話の終わりを待って耳を傾けてしまう。

整列した全校生徒も同じだったのだろう。マイクを通した「では、最後に新任の先生を紹介します」という言葉に、講堂内がザワザワと浮き立った。

やはり外国人がめずらしい田舎の男子高校生たちである。三人の新職員が檀上にあがるとさらにどよめいて、『カッコイイ』という素直な感想があちこちで湧《わ》き起こり、際立つ長身に生徒たちの目は釘《くぎ》づけ。

亨も、みんなとは違う意味で目が釘づけだ。というより、神経がピリピリと集中してると言ったほうが合っているだろうか。

今年の新任は音楽の女性講師と、化学の中年男性教諭。それぞれ簡単に自己紹介したあと、理事長自らマイクを握ってコホンと咳《せき》払いした。

「さて、みなさん。こちらは、シド・バウンティ先生です」

張りあげる声が、どことなく得意げだ。

「先生は先生でも、学科ではありませんよ。ロサンゼルスにある大病院のER、緊急救命室に勤務していらした優秀なドクターです」

講堂内が「おお～っ」と、どよめいた。それに気をよくした理事長が、さらに胸を張って声をあげる。

「バウンティ先生は医療現場だけでなく、カウンセリングの分野でも優秀な方でいらっしゃいます。今回、知人の紹介を受け、ぜひにとお願いして我が校にお招きしました。日本語も、とてもおじょうずですよ」

理事長は全校生徒に拍手を促しながら、マイクをシド・バウンティに向けた。

紹介を引き継いだシドが、優雅に口を開く。

「みなさん、初めまして。アメリカも日本も、高校生の心は同じです。カウンセラーを兼ねた校医として、みなさんの力になりたいと思います。怪我《けが》や病気はもちろん、進路相談に恋愛相談、なんでもオーケー。遠慮なく、いつでも保健室にきてください」

流暢《りゅうちょう》な日本語の挨拶に、男子校生たちが感心と期待の声を漏らす。その中で、亨だけが眉間《みけん》を寄せて首を傾《かし》げた。

優秀な医師で、しかも日本語が堪能《たんのう》なら、日本の大きな病院でも優遇されるだろうに。それを、なにを好きこのんでこんな田舎の高校の招きなんかに応じたのか、不思議でならない。なにか謎《なぞ》があるような、他に目的でもあるんじゃないかと勘繰ってしまう。

生徒たちの熱い視線を一身に集めるシドは、日本流の丁寧なお辞儀《じぎ》をしてステージ脇《わき》に下がった。

始業式の間中、檀上のシドとは視線が合うことはなかった。廊下で刺すように放たれた異質な気配も、まるで自分が勘違いしたのかと思えてしまうほど微塵《みじん》も感じなかった。

だけど、黒い瞳の奥に見えた金色の煌めきは、確かに獣。彼は間違いなく、異種族の人獣だ。

日本には古来から狼族と猫族が存在している。外国にも人獣がいておかしくはないのだろうが、しかしシドの種がなんなのか見当もつかない。

挑発的で、威圧的な鋭い瞳。あの優雅な動作の下には、しなやかで強靭な筋肉が隠されているのが亨の目には見える。猫に似ているような気がするけど、もっと獰猛《どうもう》な……なにか。ただ、狼じゃないのだけは確実だ。

悔しいけれど、初めて遭遇した異種獣に気圧《けお》されてしまった。放課後を報《しら》せるチャイムが鳴ってからも、シドの正体が気になってどうしようもない。今すぐにでもあの気配を確かめずにはいられない。

ハンバーガーを食べに行こうという仲間たちの誘いを断って、亨は保健室に足を向けながらグッと拳《こぶし》を作って呟《つぶや》いた。

「これは、片桐の跡継ぎとしての使命だ」

そう。これは単なる好奇心なんかじゃない。もし敵対するような凶暴な外来種だったりなんかしたら、狼族の頭領家の一員として放っておけない。疑惑をうやむやにしておくのは自分らしくないし、なによりシドが腹を割って話せる相手かどうか、一族を守るためにもしっかり見極めなければいけないのである。

日本になにしにきたのか、正体をはっきり聞き出してやるぜ！　などと意気込んで、新館二階にある保健室の前に立った。ところが……。

女子高かと思うようなキャッキャした賑《にぎ》やかさがドアの隙間《すきま》から漏れ出していて、踏みこむ勢いが削《そ》がれてしまった。

そっと中を覗《のぞ》いてみると、一年から三年まで入り混じった七人の生徒が、白衣姿のシドを囲んで談笑している。「何歳？」などと興味津々の質問をして、「二十八」と聞いて「わっか〜い！」と、女の子みたいに驚きの黄色い声をあげる。賑やかというよりは華やいだ雰囲気で、なにやら楽しそうだ。

よどみのない日本語で答えるシドは、喋りかたや動作が洗練されていてスマート。あの鋭い獣の気配は幻覚だったかと思えてしまうほど気さくで、室内は和気藹々《あいあい》。

これでは入るに入れない。ズカズカ乗りこんでいっても、興味津々の生徒たちに混ざってしまって、目的の質問など切り出せないではないか。講堂での生徒たちの反応からして人気の先生になるだろうとは思ったが、初日からこんなに群がるとは見通しが甘かった。

出なおそうか、どうしようか——。

出鼻を挫《くじ》かれた感でもう一度中を窺う。

と、亨に気づいたシドがゆっくり顔を振り向けた。

その瞳が唐突に金の色彩を帯び、生徒たちに有無を言わせぬ強い視線を巡らせた。

「仕事があるから、君たちはもう帰りなさい」

発する声は低く、呪文《じゅもん》のように耳の奥を振動させる。

ピタリと喋るのをやめた生徒たちから表情が抜け、戸口に立つ亨に目もくれずゾロゾロ出ていく。一点でとまったままぼ～っとして、どこを見ているのかわからない彼らの視線は動かない。それがひどく不自然で、まるで操られているかのような光景で、亨は啞然《あぜん》としてしまった。

生徒たちが廊下に出ると、シドは頷《うなず》きを送りながら亨に歩み寄った。

「入りなさい」

促す言葉に、意識が引きずられそうなおかしな感覚を微《かす》かに覚えた。亨はプルンと頭を振って、目の前に立ったシドをまじまじと見あげた。

「どうした？」

和やかに微笑《ほほえ》む瞳からは、不穏な色はもう消えていた。廊下ですれ違ったときの鋭さや獣の気配も、まったく感じられない。ごく普通に、いや、動作も表情も普通以上にスマートで知性的で、白衣がサマになる医師だ。

「や……えっと、仕事、あるんだろ」

亨は、頭をかきながらモゴモゴして答えた。

こんな柔和なシドを前にすると、確信が揺らぎそうになる。一方で、たった今見た不自然な現象はなんだったのかと、警戒心も湧く。

「かまわないよ」

シドは、ドア横の『ＯＰＥＮ』のプレートを引っくり返して『ＣＬＯＳＥ』にすると、亨の背中を押して室内に促した。

「今から君と対話の時間だ。片桐亨」

「えっ？　俺の名前、なんで知ってるんだ？」

思わず目を見開いて、再びシドを見あげた。まだ名乗ってないし、赴任一日目の彼にとって自分は大勢いる生徒の一人でしかないはずなのだ。

「今朝、講堂の前で会っただろ。三年Ｂ組、片桐亨。スポーツ万能で成績優秀。木村《きむら》先生に聞いたよ。君は目立つから、すぐに覚えた」

木村先生というのは、威張った態度の体育教師だ。

「目立つって？」

「我が強そうだけど、公正な判断ができるリーダータイプ。困難には目を逸らさず正面から立ち向かっていくほうじゃないかな。それから、目を惹《ひ》くハンサムボーイで、表情に可愛《かわい》いところもある。他の生徒と並んでても、ひときわ印象的だった。さぞかし女の子にモテるだろう」

「可愛いは、よけいだ。まあモテないことはないけど、男子校だしな」

あんな短時間で、よく見てる。

幼い頃から頭領家の一員として、強い男を目指して鍛錬を積んできた亨だ。そんな性格を表す男前もさることながら、一族を率いる資質は充分あると自負している。シドの感想は『可愛い』を除けば、あらかた当たってると言えるだろう。

亨はわずかに気を緩め、この二年間ほとんど用のなかった保健室内を見回した。

机の上に、聴診器や内科用の診察用器具。白いキャビネットには銀色に光る外科治療器具が収められ、医薬品メーカーなどのまだ片づいてないダンボール箱がいくつか並ぶ。これまで養護教諭が管理していた部屋だったが、今はいかにも医師が常駐する処置室といった趣だ。

「リラックスして対話できるテーブルと椅子《いす》をセットする予定なんだが、今はとりあえずそのベッドに座って」

「お、おう」

素直にベッドに腰かけると、シドは自分のキャスター付きチェアを亨の前に置いてふわりと座る。長い足を組むとにこやかに微笑みかけた。

亨が悩み相談するのを待っているようすだ。

改まったシチュエーションで向き合うと、へんに構えてしまってますます単刀直入に話しづらい。このさい、平和な人獣なら追及しないで放っておいても問題ないかという気になってくる。でも、狼族のテリトリーによそ者が入りこんだ以上は、無益なトラブルを避けるためにもできるだけ把握しておかないと。なにより、シドの種がなんなのか知りたいし。――つまるところ、一族を守るためだのテリトリー云々《うんぬん》だのは建て前で、好奇心が先に立ってるわけなのだが。

ともかく、少しばかり気を緩めたとはいえ、彼が得体の知れない男であることに変わりないのだ。

狼族と相容《あいい》れない類《たぐい》の種か、それとも腹を割って話せる相手なのか。どっちにしても、慎重に言葉を選んだほうがいいだろう。

「あ～、……バ、バウンティってかっこいい名前だな」

お尻《しり》をモゾモゾさせながら、苦し紛れに思いついた話題を振ってワンクッションにしてみた。

「ほら、ゲームとか映画なんかによく出てくるだろ。先生んちのルーツは賞金稼ぎやってたり？」

「ああ、バウンティ・ハンター。残念だが、違う。バウンティは報奨金や賞金の他に『恵み』『与える』といった使い方もあるんだ。うちのルーツはヨーロッパ貴族だから、恩恵を与えるほうの意味だね」

「へえ……」

なるほどと思うものの、入りたい本題に入りづらくて上の空で、話題が続かない。

「バウンティ先生は、じじ……ぃ……」

思いきって『人獣を知ってるか』と切り出そうとしたけど、なぜか口がもつれ、モゴモゴと語尾が消えて黙りこんでしまった。

「シドと、名前で呼んでくれていいよ」

「はあ……」

生返事で、そしてまたそっぽを向いて沈黙。完全にタイミングを逃してしまったのである。

「どうした。俺と話したいんだろう」

「っ……？」

ふいに低く言われて、亨はギクリとして視線をシドに戻した。

質問を見透かされてるのかと思ったのだが、どうやらそうではないらしい。シドは落ち着いた物腰で、唇に柔らかな笑みを浮かべる。

「吐き出したい悩みでもあるんじゃないのかな？　医師としてもカウンセラーとしても、守秘義務は守るよ」

相変わらず穏やかな黒い瞳は色を変えないし、威圧感も獰猛な獣の気配もまったく現れない。こんなカウンセラー然とした態度で接してこられたら、この優秀なドクターを獣だなんて思っちゃ失礼だろうという気さえしてくる。

だけど、本能が感じたあれは絶対に勘違いなんかじゃないのだ。

しかし、しょっぱなからペースを崩したせいで、なにからどう切り出せばいいのかちょっと思考が停滞中だ。この調子で詰問なんかして、逆に警戒させたらまずいだろう。

とりあえずは、頭の中の整理整頓が先決。落ち着いて彼のようすを観察して、もう一度あの獣の気配を確認したほうがいい。そのあとにアプローチの手順を組んで出なおすべきだと思う。

「好きな子とうまくいってない？」

「いや……別に、彼女とかいないけど」

「じゃあ、体のことでなにか心配が？」

「心配っていうか。え～と……そう、身長に不満が」

ここは話を合わせておいて、適当なところでいったん退散することにした。

「俺、百七十五センチなんだけど、そろそろ伸びどまりしそうで」

「日本人ならそんなに低いほうではないね」

「うちはみんなデカいんだ。親父《おやじ》は百八十あるし、一番上の兄貴が百八十九、すぐ上の兄貴も百八十七ある」

「ならこれから伸びるかもしれない」

「でも、兄貴たちは高三になったときには百八十越えてた。それからも卒業するまでガンガン伸びてたんだぜ。なのに、俺は年々伸びしろが減って去年はたった二センチ。この調子で卒業までにあと何センチいけるのか」

つい我を忘れて、訴えに熱が入る。これはもう、本心からの不満なのだ。我が身のすべてにおいて自信を持つ亨の、唯一の悩みと言えるだろう。

「なるほど。骨格を診せてごらん」

シドが頷きながらベッドに移動して、亨の隣に腰かけた。半身をひねって向き合うと学ランのボタンをポイポイ外し、スルリと脱がせる。Tシャツの裾を遠慮なく大胆にまくりあげ、胸元に両手を這《は》わせた。

「骨格で、なんかわかるのか？」

「異常がある場合はね。どこか痛んだりは？」

「しない。く……くすぐったい」

シドはいかにも真面目《まじめ》な顔で亨の肌を見おろし、サワサワと骨格に触れていく。

「魅力的なラインの鎖骨だ。皮膚も、瑞々《みずみず》しくてハリがある」

ヒヤリとした手が胸骨にすべりおり、そこから数えるようにして肋骨を一本一本辿《たど》っていく。

これはチャンスかもしれない。狼族は鼻が利くのだ。これだけ接近していれば、いくら隠しても獣の匂《にお》いを嗅《か》ぎ分けられるはず。そう考えた亨は、さり気なくシドの襟元に顔を近づけ、密《ひそ》かに鼻をクンクンさせた。

「ふ……く……っ」

脇腹あたりで微妙にうごめく指の感触がくすぐったくて、亨は身じろがないよう歯を食い縛って必死にたえた。思わず息をとめてしまいそうになるけど我慢して、シドの匂いを嗅ごうとスーハーした。

しかし、残念ながら期待するものは匂わない。低い体温から漂うのは消毒薬と、ほのかなフレグランスの香りだけだ。

「背骨と肩甲骨はどうかな」

言うなり、手がズイッと背中に回される。

「俺の肩に手を置いて、肘《ひじ》を張って」

「う……？　おお」

亨は素直にシドの肩に手を乗せ、両肘を横に突っ張った。

はからずも抱き合う格好になると、突き出た肩甲骨がシドの掌《てのひら》にやんわりと包まれる。さするような揉《も》むような動作で触診されて、なんだか血流がよくなっていくみたいな、妙な発熱を体の芯《しん》に感じた。

ひとしきりの触診のあと、今度は繊細に動く指先が頚骨《けいこつ》から続く背骨を舐《な》めるようにしてなぞる。

骨の形を楽しんでるのか？　と思うくらい丁寧に触られて、ゾクゾクする肌が産毛《うぶげ》を立てた。下敷きで髪の毛を擦《こす》ったときみたいな、静電気が発生したような感覚だ。

なぜか胸の先っちょまで立ってきて、じわりとした焦りが背筋を這った。

「ま、まだ終わらないの……か？」

密かに匂いを嗅ぐどころじゃなくなってきた。

こんなアヤしい触診のしかたがあるのだろうかと疑ってしまうけど、子供の頃から健康でめったに医者にかかったことのない亨である。それに、あらぬ目的でやっているのだとしたら、人間であれ獣であれ、発情の匂いがするはず。でもなにも匂わないから、きっと自分の知らない診察法なのだろう、もしかしたらアメリカの最新式かもしれないと、努めて思う。

女の子ならともかく、シドは男で自分も男。胸先が尖《とが》ったのは己の未熟さのせいであって、いやらしい、なんて騒いだりするのはみっともない。

次の対決のためにも、ここは男らしくさらり気なくやりすごさなければ――。と、自分に言い聞かせていたのに。

「うわわ」

腰からズボンの中に手を入れられて、尾骶《びてい》骨を撫《な》でられてビョクンッと体が跳ねてしまった。

「な……、なんかわかったか?」

とっさの照れ隠しで、横柄に言ってみた。しかし、思わず声をあげてしまったのが恥ずかしかったのだが、この照れ隠しの声もちょっとうわずっていた。

「そうだな。標本にしたいくらい、きれいな骨格だ」

耳元で言うシドは、亭のズボンのベルトに手をかけ、カチャリと外す。

「上半身は健全に育ってる。下はどうだろう？」

「しっ、下？　下って、どど、どこだよ」

「大腿骨《だいたい》とか股関節《こかんせつ》とか、恥骨とか」

「ちょっ、なに言ってん――」

下半身の骨格もまんべんなく丁寧に触診するつもりらしい。これにはさすがに、亭も焦りまくった。いくら相手が医者でも、保健室で恥骨まで触られるのはいかがなものか。骨には異常も病気もないし、単に場つなぎのために話を合わせていただけなのだから、これ以上は勘弁しろと言いたい。

「いや、実は俺、そんな悩んでないっていうか」

「遠慮するな」

「別に遠慮じゃなく。骨は、異常ないから。そ、それより、き……筋肉痛のほうが」

恥骨から気を逸らさせようと試みた。けれど、シドは手をとめず亭のファスナーを下ろしてズボンを開く。

「マッサージしてやろう」

「待て待て待て！　どこマッサージするつもりだっ」

「リンパの流れをよくすると、痛みや倦怠感《けんたい》が楽になる」

「リ、リンパって、だからどこ」

「鼠蹊《そけい》部。つまり、恥骨の左右の外側あたり」

どっちにしても、恥骨。なんでそんなに恥骨にこだわるのか。

「やっぱり遠慮する」

慌てて前を隠そうと体を反転させたら、勢いあまってベッドからずり落ちて床に伏せてしまった。

亨は、そのままドサクサに紛れてほふく前進で出口を目指そうとした。ところが、簡単に捕まって軽々と抱えあげられて、ポイとベッドに投げ出された。

スレンダーに見えて、けっこう力がある。

「逃げるな。まだ悩み相談は終わってないぞ」

低く落ちた声がやけに楽しそうで、唇からチラリと舌先が覗いた。その強引なようすは、さっきまでとまるで別人。優秀なドクターで柔和なカウンセラーだったシド・バウンティは、いったいどこに消えたのか。

「悩みなんかねえ」

亨は、シドを蹴《け》り飛ばして逃げようと、勢いよく片足を振りあげた。しかし、狙《ねら》った場所は胸のど真ん中だったのだが、届く前に足首をつかんでひねられて、体がコロンとうつ伏せに返されて驚いた。

空手と合気道は段を持っている亨なのだ。素早く鋭い蹴りが、まさか真っ正面から受けとめられるとは思わなかった。しかも、小柄でも華奢《きゃしゃ》でもないのに簡単に体勢を返されるなんて信じられない。

「暴れると筋肉痛がひどくなるだろう。おとなしくマッサージされろ」

シドは亨の背に覆いかぶさって、逆転しようともがく体を封じる。尻のほうからズボンの中に手を差し入れると、やわやわと内腿《うちもも》を揉みはじめた。

「どこが痛む？　このへんか？」

言う間にも、いかがわしげに動く指が鼠蹊部を目指して前へと移動してくる。亨は必死に手足をバタつかせ、シドの下から這い出そうと試みた。

かいあって、背中に感じる重みがふと軽くなった。その隙にシドを跳ね除けようと、上半身を力のかぎりひねった。

ところが、隙ができたのは亨のほうだった。

防御がガラ空きになった腰をクイと持ちあげられて仰向《あおむ》けに転がされて、あろうことか下着ごとズボンをずり下ろされた。

「うわあっ、なんで脱がす」

思わず声をあげてまたうつ伏せ、四つん這いの格好でベッドからワタワタと逃げようとした。が、背後から回された両腕で腰を拘束され、すかさず前の大事な部分を握られて、今度はこぼれそうになった悲鳴を呑《の》みこんだ。

「な……なんで、そこ……」

骨格触診だったはずが筋肉痛のマッサージになって、どうして今そこを握られているのか意味がわからない。

「思春期の成長も異常がないか、診ておかないとな」

「よけいなお世話だ。異常なんて、……あっ」

指をくにゅくにゅと動かされて、不本意にもシドの手に捕まっているソレがドクンと脈打ってしまった。そんなばかなと思うのに、形を探るようにして撫でられると急激に芯が張って、膝《ひざ》から力が抜けていく。

「や……やめろよ……っ。職権乱用で……訴えてやる。俺、未成年だしな、あんた犯罪者の仲間入り……だぜ」

正攻法で脅してみるけど、下半身に力が入らなくて声が引っくり返りそうだ。

シドはそんな亨の言葉などまったく気にせず、根元を親指と人差し指で括《くく》ると上下のストロークをかけはじめた。

「立派な大人に成長してるようだ。触診の感じでは形も固さも申し分ない。あとどのくらい大きくなるかも、確認しておかないとな」

「ふ……ふざけんな。こんな触診……ないだろ……う」

あくまでも言葉だけは強気。裏腹に、扱《しご》かれる股間《こかん》は刺激に素直で、どんどん固さを増して限界まで大きくなっていく。先走る液体までとめどなく溢《あふ》れ出して、シドの手に弄《もてあそ》ばれるソレがヌルヌルのびしょびしょだ。

「くっそ……、はな……せ」

なんとか反撃したくて手を伸ばし、ベッドヘッドのパイプをつかんだ。

けれど、動けたのはそこまで。跳ね飛ばして蹴り飛ばしてやりたいのに、四つん這いに伏せた格好で背後から腰を拘束されてちゃ殴りたくても届かない。キックの足も、拘束を解かないことには振りあげられない。なにより、意に反して体が熱をあげ、力のこもらない手足がガクガクする。

握られたその一箇所に、感覚が集中して制御不能なのだ。

こんな状態でいくら悔しがったところで、形勢逆転なんかできない。それどころか、射精の欲求に煽《あお》られて気分が悩ましい方向に流されてしまう。

「第二次性徴期と身長の伸び率は密接に関係している。男子の場合、十六歳までが性徴期の過渡期にあたり、それをすぎると伸び率は緩やかになり、やがてとまるわけだが」

シドはいかにもそれっぽいことを言うけど、背後から覆いかぶさって抱きつく格好。耳元に唇をくっつけられて、さらには囁《ささや》くような低い声と吹きかかる息が卑猥《ひわい》で、皮膚がザワザワする。もう抵抗はあきらめてとりあえず出すモノを出してしまおう、そんな誘惑に全面賛成したがる体が排出の体勢に入っていく。

ストロークを速められて、摩擦を受ける屹立《きつりつ》が熱湯を噴き出しそうなほど発熱し、こらえようと頑張る内腿がヒクヒクと痙攣《けいれん》した。

「そろそろフィニッシュかな。大人として健全に機能しているか診てあげるから、仰向けになってごらん」

などと、シドはまた医者っぽい口調で指示するが、今さらだ。やってることはいかがわしいこと以外のなにものでもないのである。

「いやだ……」

「わがままを言って、医者を困らせるのはいけないな。触るだけじゃ正確な診断ができないだろう。さあ、診せなさい」

シドは屹立を扱く右手をとめ、頑《かたく》なに伏せる亨の体を仰向かせようとする。

「……ぜってー、見せねえ」

素直に聞くものかと、両手でしっかりベッドヘッドをつかむ。懸命に踏ん張る耳のすぐ後ろで、艶めく吐息がクスと意地の悪い微笑《わら》いを落とした。

「しかたない。ならそのままいけ」

「あ……っ！」

いきなりストロークを再開されて、しかも握りなおした右手にさらなる力と絶妙な動きを加えられて、必死に踏ん張っていた亨の腰が一気に砕けた。

根元の膨らみまでも左手に包まれて、まるで搾り出すみたいにして中身をキュッと持ちあげられた。過敏に張りつめた下腹部が電流を発し、恥骨から脊椎《せきつい》までビリビリと貫いた。こうなったらもう、走り出した濁流はとめようがない。全身が強張《こわば》り、出口を目指す快感がすごい勢いで一点に集中していく。

シーツが汚れる！　と思ったと同時に思考が霧散して、焼け熔《と》けるような甘美な感覚が体の中心に広がった。

たまらず肩を震わせると、高熱の溜《た》まった屹立があえなく暴発した。

息切れがして、頭の中がボワンボワンする。下腹部の痙攣が鎮まるにしたがって、額にしっとりと汗が滲んできた。

亨は痺《しび》れの抜けきれない感覚の中で我を取り戻し、悔し紛れの呼吸を吐いた。

「く……そぅ……」

シーツは想像以上に無残な汚れよう。飛び散った自分の白い液体を見て、唖然としてしまう。

シドは覆いかぶさっていた亨の背から体を起こすと、精液まみれの手をタオルで拭《ぬぐ》いながら爽《さわ》やかに言った。

「さすが若者。カップ麺《めん》ができるより早かったんじゃないか?」

三分足らずであっさりいかされたということである。

「外人のくせに……カップ麺食うのかよ」

「身近にあるものはなんでも試してみる主義だ」

「湯を入れて五分てのもあるぜ」

「じゃあ、次は五分を目標に」

などと、カップ麺談議をしている場合じゃないのだが……。あろうことか初対面の男に大事な部分を握られて、あっという間にいかされてしまった。悔しい、けど恥ずかしい。いや、情けない。でも、はっきり言って、気持ちよかった。不本意だが下半身はすっきり爽快《そうかい》で、屈辱というひと言では言い表せないカオスな心境なのである。

「次なんかねーよ」

亨はシドを押しのけてベッドから降り、急いで下着とズボンを穿くと、ベルトを締めながらキリリと眉《まゆ》を吊《つ》りあげた。

「なに考えてんだ。保健室でこんなこと」

「ここじゃないほうがよかったのか。そしたら、次回は俺の家にくるといい。ゆっくり悩み相談に乗ってあげよう」

「問題は場所じゃなく……っ。い……？　家だとぉ？」

思わず脱力して、眉尻が下がってしまう。自由すぎる。この男は、自分のやったことに対する後ろ暗さや罪悪感といった観念がまったくないらしい。

廊下で目が合ったときから、得体の知れないペースに翻弄《ほんろう》されっぱなしだ。日本語が流暢なくせにこっちの言い分が通じてないというか、聞き流して遊ばれているというか。早いとこ退散しないと、この調子でまたくだらない話題からとんでもない方向に発展されちゃたまらない。とにかく、出なおしと態勢立てなおし。

「帰る」

学ランをわしづかみにすると、亨はくるりと踵《きびす》を返した。

「ああ、そうだな。もう少し話していたいが、俺もまだ片づけがあるし」

なにを話すつもりなんだか――。もう少しもなにも、まともに話なんかしてないじゃないかと思う。

「またくるからな」

肩越しに振り向くと、『次こそ正体をつきとめてやるぜ』という意味を密かに含め、挑戦的な一瞥《いちべつ》を投げつけてやった。

「いつでもおいで。待ってるよ」

応《こた》えるシドは楽しげに手を振り、これ見よがしにベッドからシーツをはがす。

クラ…と眩暈《めまい》がする。ついさっき、いかされて汚したシーツだ。

勇んで乗りこんだのに、収穫なし。匂いを嗅ぐどころか逆にセクハラまがいの診察をされて、恥をさらしただけ。

男にいかされた情けない自分の姿が脳裏に浮かんで、亨は逃げるようにしてシーツから目を逸らしてしまった。

納得いかない。釈然としない。

なにがかと言うと、そこはかとなく湧いてくるこの敗北感である。

武道に長《た》けていてスポーツも万能な自分が、あんなに易々《やすやす》と手玉にとられるなんてありえない。あっていいはずがない。簡単に押さえこまれて、反撃どころか逃げ出すことさえできなかったのは、体格や腕力の差だけじゃないような気がするのだ。

しかし、なにが敗因かと考えてみても、シドの正体がつかめないのでは一人で悶々《もんもん》とするばかりでどうにもならない。

ないないづくしで消化不良になりそうだ。

保健室で生徒たちが一斉に去ったときの異様な雰囲気。あれは絶対に怪しいと思う。たぶんシドは、日本の人獣にはない力を持っている。そして、その未知の力で自分も反撃を封じられてしまった。……と思いたいけれど、実際どうだろう。

生徒たちは意識を操られて動いていたように見えた。賑わっていたお喋りが不自然にやみ、全員がひと言も発せずシドに従った。

でも自分は最初から最後まではっきりした意思でシドと会話していたし、不埒《ふらち》な展開になって逃げる努力もしたはずだ。

悔しいけれどシドのほうが上手《うわて》で、ペースにハマッてオタオタしてる隙に押さえこまれて握られた。まさかそんなコトをされるとは想像もしてなかったから、油断していたとしか言えない失態。

得意の技も繰り出せずに——。長い指に弄ばれて、扱かれて——体の力が抜けた。

気持ちよくて、神経が快感に集中して……。

「う……」

いかがわしい感覚がオーバーラップして、唐突に股間がジクリと疼《うず》いた。

シドの巧みな指の動きがリアルによみがえってきて、まるで快感を反芻《はんすう》するかのように体の芯が熱くなった。

皮膚がピリピリと過敏になって、熱を帯びた股間が勃《た》ちかける。

「くっそ。情けないの極致」

亨は畳に寝転がり、天井の板目を見あげて深呼吸した。

頭領の器に相応《ふさわ》しいと言われていた兄たちに追いつき、追い越すことを目標に、恋愛には目もくれず努力してきた亨なのだ。硬派を自負しているのに、あんな得体の知れない外人男なんかにいいように翻弄されて、それを思い出して反応する我が身が忌々しい。

けれど、忌々しくて悔しくてならないのに、初めて他人に触られたソコが悩ましく疼いてどうしようもない。

「ううぅ……っ」

忘れろ、忘れろ、と股間に命じるけど鎮まらず、ついつい手が下腹に下りていく。指が勝手にジーンズを開こうとして、亨は慌ててゴロンと転がって携帯をつかんだ。

東京で暮らす兄たちに意見を聞いてみることにしたのだ。まずは、長兄大牙《たいが》の番号を呼び出して耳に当てた。

一回、二回、とコール音を数え、悩ましい感覚から気を逸らす。

四歳上の大牙兄は、その能力の高さから頭領の跡目として、一族の期待を一身に集めていた剛毅《ごうき》な男だ。しかし本人は子供の頃から伴侶《はんりょ》を決めていて、その人と添い遂げるために跡目を放棄すると言い張り続けてついに押し通してしまった。長老会はもとより、現頭領である祖父《そふ》の猛反対を受けて紆余曲折《うよきょくせつ》があったものの、結ばれた凜《りん》という名の相手は大牙と同じ大学に通う猫族の男。異種族と暮らす兄なら、なにか有力な情報が聞けるかもしれない。……あまり期待はできないと思うけど。

『おう、めずらしいな。どうした』

男ばかりの三兄弟で、特に急用でもなければめったに電話することなどないのである。

それにしても、久しぶりで聞いた大牙の声は、相変わらず偉そうだ。

「いや、たいしたことじゃないんだけど……。大牙にいは、狼族と猫族以外の人獣に会ったこと……ある？」

『ない』

「………」

簡潔すぎる即答で、ただでさえ言いにくいのに本題に入るとっかかりが継げなくなってしまう。こんなんでよく伴侶と仲良くやっていけるなと思うけど、まあ愛の力でうまくいっているのだろう。

「え〜と……、じゃあさ、狼と猫以外の人獣がいるとか……聞いたことある？」

『——なんかあったのか？』

一瞬の間を置いて、わずかな緊張を含む質問で返してきた。さすが長兄。威張っているけど、すぐに有事を察してくれるところは、やはり頼りになる。なにがあっても己を曲げず、障害があろうと力業で乗り越えていく男なのだ。解決できないような相談事でも、話すだけでこの兄の不屈の精神が移ってくるような気がして心強い。

「今学期からアメリカ人の校医が赴任してきたんだ。それがちょっと、へんな感じで」

『海外にも人獣がいるらしい話は聞いたことはあるが、俺も詳しくは知らん。そいつ、おまえに変身してみせたのか？』

「いや、すれ違ったときにほんの数秒くらい気配を感じただけ。威嚇《いかく》するみたいな妙な雰囲気があった。あと、目が金色になったのは確かに見た」

大牙の頼もしさに背中を押され、亨はシドの不審さを勢いづいて説明した。手玉にとられたいかがわしい展開に関しては、情けないから省いたが。

『他人を操る力か……。もし、本当にそんなものがあるとしたら、厄介なやつかもしれないな』

大牙は、携帯の向こうで小さなうなりを漏らす。

「確信はないんだよね。そんなふうに見えたってだけでさ。ただ、猫っぽいような……でも猫とは違うような。俺は自分とこの一族以外では凜さんと、巽《たつみ》にいんとこの偕《かい》さんくらいしか知らないけど、あの二人とは似てるようでいて全然似てないと思うんだ」

『凜は猫の本能がほとんどないから、比較対象にはならないぞ』

「あ、そうか」

確かに。群れと血統を守る狼族と違って、気ままな猫族は伴侶の種にこだわらず、人間を婚姻相手に選ぶ者も多いと聞く。そんな中でも凜は純粋な猫族の血筋なのだが、自分が人獣だと知ったのはつい二年ほど前のことなので、比較対象にも参考にもならないだろう。

『偕は腹黒いからな。そこが似てるように感じたんじゃないか？』

「う〜ん？　腹黒いかなあ、偕さん」

　偕は、次兄の巽が伴侶に選んだ猫族の聡明《そうめい》な男性だ。ついでに言うと、しなやかでサラリとした色気のあるきれいな人だ。凜とは仲のいいイトコで、大牙が嫌がるのを面白がってわざと目の前でベタベタしてみせたりする。だから、単に独占欲と焼きもちで腹黒く見えているだけなのだろう。と思うけど、そう指摘したら大牙は怒るだろうから、言わないでおく。

『とにかく、俺も巽も跡目を放棄した今、頭領家を継ぐのはおまえだ。少しでも不審だと思うなら、対決姿勢でズバッと訊け。村に害を及ぼすやつだと判断したら、さっさと排除しろ』

「う、うん。まあ、そのつもり」

　大牙とは顔立ちも気質も似てるからなんとなく想像がついていたけれど、やはり予想どおりのブレない答え。もちろん、亨もシドしだいでは最終的にそうするつもりで保健室に乗りこんだのだ。ところが、思わぬ展開で恥部を握られているような心的事情ができてしまったもので、煮えきらずにウダウダしているのである。

『手に負えないようなら、早めにじじいと親父に相談しろ。いざとなったら俺も大学休んで助っ人に行ってやる』

「そうする。ありがとな、大牙にい」

亨は大牙との通話を切ると、今度は巽の番号を呼び出した。

外科医を目指す巽も早くから跡目放棄を宣言していて、今は東京で最愛の偕と二人暮らしだ。

『おお、久しぶり。元気でやってるか？　じーちゃんたちも変わりない？』

三回目のコールのあと、明るく軽やかな声が応じる。

この三歳上の巽兄は人当たりがよく社交的で、気配りも細やか。大牙がガンガン押していくタイプなら、こちらは一歩引いて最も効果的なところを狙って攻めるタイプ。大牙とはまた違った意味の心強い存在だ。

「みんな元気だよ。今のとこ村も平和だし」

『今のとこって、なんか心配でもあるのか？』

「実は、ちょっと――」

言葉のはしから有事を察してくれるのは、長兄と同じ。亨はいかがわしい部分はやっぱり省いて、一瞬の獣の気配と変化した目の色、保健室で生徒たちを帰したときの不審な現象などなど、先ほど大牙にしたのと同じ説明をくり返す。

巽は聞き終えると感嘆の声をあげた。

『すごいな、その若さで緊急救命室のドクターとは。飛び級で大学院まで卒業した天才かもしれないぞ』

「えぇぇ？　天才とか言っちゃうほどすごいのか？」

『すごいよ。アメリカは一人前の医者になるまで、日本の医学生より年数と努力が必要なんだ。二十八っていったら、普通はかなり頑張ってやっとレジデントになれるかどうかってとこじゃないかな』

亨にはよくわからないけど、巽は医学生らしい興味を持って話に乗ってくれる。

『しかも、ＥＲは救命医療現場の最前線。銃社会だし、日本じゃありえない患者がどんどん運ばれてきたりするだろ。あらゆる状況に対応できる腕と臨機応変さがなきゃ、とてもじゃないけど務まらない』

「そうなのか。で、それがなんでこんな田舎町の校医になったのか不思議」

『確かに、そこが謎だな。他に目的があるんじゃないかと疑いたくなるのもわかるよ』

「だろ？　疑っちゃうよな。あいつ、絶対に人獣なんだから」

『まあ、そんな優秀な頭脳の持ち主なら、いきなり野蛮なことはやらかさないとは思うけどな。ちょっと偕さんに代わるから、話聞いてみ』

「え、偕さんに?」

なにを聞くのだろうかと思うけど、偕も博識で優秀な文化人なのだ。海外の人獣についてなにか知っているのかもしれない。

携帯の向こうで、巽が亨の話をかいつまんで説明するのが聞こえてくる。ほどなく、落ち着いた柔らかなトーンの声が亨の耳に流れた。

『こんばんは、亨くん。久しぶりだね』

「どうも。あ、兄がお世話になってます」

『世話されてるのは、もっぱら僕のほうだけど』

クスと笑って言う声が心地よく響く。

巽が苦労して落としたというこの年上の伴侶は、今は海外文学についての専門解説書の執筆に専念中。なので、家事に万能な巽が痒《かゆ》いところに手の届く細やかさでなにくれとなく世話を焼いているのである。

『狼と猫以外の人獣がいるかって話ね』

「うん、いる?」

『海外にはいるそうだよ。僕も会ったことはないから、人から聞いた情報と憶測からの見解でしか言えないけど。いいかな』

「よろしくっす」

対峙《たいじ》するとっかかりになるなら、憶測でもなんでもぜひ聞きたい。亨は携帯を耳に押し当てたまま、東京に向かってペコリと頭を下げた。

『日本でもね、国家が発生するよりずっと前の時代には数種の人獣が存在していた、という説があるんだよ』

「え、聞いたことない。ほんとに？」

初めて聞いた説で驚いてしまう。自分の知るかぎりの伝承には残ってないから、石器時代くらい大昔のことだろうか。

『検証や裏づけはないんだ。知り合いの学者が古い文献から拾い集めた断片を組み立てただけの推論で』

「なんか、ロマンだな。その学者って、猫族？」

『そう。公表はできないけど本業のかたわら人獣の歴史を調べてるっていう、同族の研究者はけっこういる』

「なるほど。それで、どうして狼と猫だけになったの？」

『日本は小さな島国だから。今もそうだけど、人間の数に対して人獣の絶対数は極端に少ない。人間が道具を使い農耕生活を発展させていく中で、人獣は野生の本能のままいつまでも野山で暮らしていた。草陰や穴ぐらで寝て、狩りをして生肉を食らう。文字どおり、人の容《かたち》をとれる獣だね』

「ほおほお」

がぜん興味が湧いて、亭は身を乗り出して真面目に耳を傾けた。

『ところが、さっきも言ったように日本は狭い島国。人間が増えるにつれて人獣はしだいに追いやられ、住みやすい土地を巡って各種族は熾烈《しれつ》なテリトリー争いを繰り広げた。その結果、弱い種族は淘汰《とうた》され、群れという秩序と機動力を持つ狼族と、人間に紛れて暮らしていける柔軟な猫族が残った』

「すげえ説得力のある推論だ。で、そのあと進化した狼族と猫族は、それぞれの習性に従って人間と共存してきたわけか。今じゃ立派に文明社会の一員だもんな。高い順応力と優秀な頭脳の為せる業だな」

亭は胸を張り、一人で得意げに頷いた。

『残るべくして生き残った種族だね。でも日本と比べたら大陸は広いでしょう。生きていける環境も多岐だから、狼と猫以外の人獣が存在しても不思議じゃないんだ』

「じゃあ、パンダ族とかもいたり?」

言って、ふと古タイヤで遊ぶパンダの姿が脳裏に浮かんで和んだ。

「なんか、想像したら可愛いな」

『パンダがいるかどうかは……。確認できる範囲では、大型の肉食獣が多いらしいよ。ヨーロッパでは馬もいると聞いたことがある』

「馬……」

今度は、緑の野を駆ける馬が浮かんだ。気高いイメージだ。シドはヨーロッパ貴族の家系だと言っていたから、馬ということもありえるかもしれない。と考えて亨はちょっと首を傾げた。

馬の目はつぶらで可愛いのだ。あの鋭い視線と威圧感は、やっぱり違う。目が合った瞬間にぶつけられた、強者のまとう独得な空気感。あれは、食物連鎖の頂点に近い種なのではないかと思う。

「俺たちって、変身しなくても普通の人間より身体能力が高かったりするよね。特に、狼は鼻が利くし、猫は耳がいい。……外国では、人を操る能力のある人獣とかもいるのかな」

『う～ん、どうだろう。操るって、催眠術みたいに？』

「ちょっと、違う感じかな。でも、そうと言えばそうかなあ。俺が保健室に入ったとき、他の生徒が七人いたんだ。あいつが帰りなさいって言ったら、全員が同時に喋るのをやめて帰ってった。目の焦点がぼーっとしてて、表情がなくて、操られてるみたいに見えた。全員が、だよ？　不自然じゃね？」

『判断が難しいね。その場に居合わせてないから断言はできないけど、獣の特性というより個の能力なんじゃないかな』

「普通の人間でも可能な力ってこと？」

『かもしれない。現代の人間社会では生きていくのに獣の力は必要ないから、野生を埋もれさせたまま一生を終える人獣も多いだろ。逆に、普通の人間でも野生の強い者は稀《まれ》にいるし、本人の知らない先代のどこかで人獣の血が混ざっていて、高度な潜在能力を持って生まれる場合もある』

人間との婚姻率が高い気ままな猫族は、自分のルーツを知らず、また知っていても変身能力をなくしているという者が多いと聞く。群れで暮らす亨の一族でも、野生の本能も匂いも薄い者がいるのは確かだ。

『いずれにしても、彼はつわものだ。知能と精神力が高いと、匂いや気配をコントロールする能力も格段に高い。わざわざ亨くんに気配を感じさせたのは、最初から隠す気がないからか、なにかのアピールかの、どちらかだろうね』

偕の言うとおりだろう。目が合ったほんの一瞬で、シドはむき出しの野生を鋭くぶつけてきた。にもかかわらず、二度と獣の気配を現すことなく、匂いも完璧《かんぺき》に抑えていたのだ。

『確信のない話ばかりで、ごめんね』

「けっこう参考になったよ。ありがとう」

さすが、兄弟で一番頭のいい巽の愛する『自慢の偕さん』だ。推論だと謙遜《けんそん》しながらもその見解は筋が通っていて、理路整然とした話しかたでわかりやすかった。第三者の話を聞いたおかげで、亨はだいぶすっきりした気分になって携帯を切った。

それにしても、シドがなにかをアピールしているのだとしたら、それはいったいなんだろうか。そして、からかわれたとしか思えないアレ。触診だなんていって体を撫で回して、握って。そんなふざけた行為にいったいなんの意味が――。

「あ……くそぉ……」

考えていたらあの感触を思い出して、また股間がドクンと疼いた。

兄たちの電話で忘れていたのに、今度はこらえきれないほどムズムズしてきて、亨は思わず股間に手を伸ばしてしまった。

始業式から二週間たつというのに、相変わらず保健室には生徒が絶えない。

本物の怪我人と病人はもちろんいるけれど、シドに群がる生徒の大半がカウンセリング希望者。そのほとんどが、ニキビができただの彼女が欲しいだの、ハタから見れば取るに足らない悩み相談ばかり。

亨のクラスにもシドファンの保健室常連はいて、カウンセリングや診察内容をさり気なく訊いてみると、とても熱心で適切なアドバイスをくれるとみな口を揃えて言う。腹痛などでも、指先で患部を軽く押すていどのごく普通の触診らしい。

亨にしたようなことを他の生徒にもしていれば、多少なりとも不審な噂が出回るものだろうけど、そんなこともなく評判は上々。最初はめずらしい外国人医師だったのが、今は親身に話を聞いてくれて頼りになるカウンセラーだ。招聘《しょうへい》した理事長も大満足で、シドを不審に思う者は誰一人としていないのである。

なぜ自分だけがあんなことをされたのか。彼がどんな獣の性《さが》を持った人間なのか。ますます気になって、遠目にシドを見かけると一挙一動を視線で追ってしまう。するとシドは唇に薄い笑みを浮かべ、『来い』と招くような視線を返してくる。

なら再び保健室に乗りこんでやろうじゃないかと思うけど、行く理由がない。しかも最初に確かめる機会をあんなことで流されてしまって、話のとっかかりがわからなくて二の足を踏む。無防備にノコノコ乗りこんで、またベッドに押さえこまれちゃたまらない。男の沽券《こけん》にかかわるのである。

せめて匂いで確信できたら、いっそ堂々と詰問してしまえるのにと思う。しかし実は、近づくことを考えただけで下半身がシドの手を思い出して勝手に反応してしまうのだ。

不埒極まりないことをされたのに、未《いま》だに反撃できず、反芻するみたいにしていつまでもあの感覚を引きずっている。躊躇《ちゅうちょ》ばかりで行動できない。自分らしくもないグダグダさが焦《じ》れったい。

そんな、悶々とした日々の放課後――。

学校を出てしばらくしたところで、外国人の子供二人がベソをかいているのを見かけて電動アシスト自転車を停めた。

一人はフリルのついた白いワンピースを着て、クルクルとカールした金髪に水色のリボンを結んだ女の子。もう一人は、ふわりとしたリボンタイのブラウスに深いグリーンのベストスーツを着た黒髪の男の子。対極の色彩だけれど、可愛らしく整った顔立ちはよく似ていて背格好もほぼ同じ。小学校の低学年、六歳か七歳くらいだろうか。こんな田舎町に外国人がいるのはめずらしい。

もしかして……、と思いながら。

「どうしたの？」

声をかけてみると、亨を振り仰いだ女の子の水色の瞳からポロポロと涙がこぼれた。すると、男の子が自分もベソをかきながらもハンカチを出して、女の子の泣き濡《ぬ》れた頬《ほお》を拭《ふ》いてやる。

人形みたいな可愛らしさもさることながら、クラシカルな服装がよく似合っていて、まるで海外の名作映画のワンシーンを見ているみたいだ。

日本語で話しかけてしまったけど、この子たちが日本語を知らなかったら通じない。そしたら、とりあえず英語か……。しかし、学年トップの成績をキープしているけれど、英語だけは苦手な亨である。

思いつくかぎりの英単語と文法を頭の中に並べ、しゃがんで二人に目線を合わせ「どうしたの？」と、少し構えながら日本語でもう一度訊ねてみた。

寄り添う子供たちは助けを求める顔を亨に向け、声を揃えた。

「おうちに帰れなくなっちゃったの」

聞いたとたん、亨はホッと肩を緩めた。発音がところどころ舌足らずだけど、じょうずな日本語だ。これなら会話には困らない。

「迷子？」

女の子の水色の瞳と男の子の黒い瞳がウルウルして、二人は亨をじっと見つめながら同時に頷く。

思わず胸がキュンとしてしまった。こんな邪気のないすがる目をされたら、最後まで面倒見ないわけにはいかないではないか。三兄弟の末っ子で、兄たちに揉まれながらも面倒を見てもらった経験を活《い》かし、亨は思いきり優しく頼もしい笑みを見せた。

「住所は言える？　なに町のなん丁目に住んでるのかな？」

「峰宮《みねみや》町。番号は……覚えてない」

「郵便局が近くにあるの」

「峰宮の郵便局か。そのへんまで行ったら、あと道はわかる？」

子供たちは期待に輝く目を瞬《まばた》かせ、うんうんと大きく頷く。

「よし。連れてってやるから、にいちゃんについてきな」

胸を張って言ってやると、二人の顔がパアッと明るくなった。自転車を引きながら先に立って歩くと、スキップするみたいな足取りでついてくる。

「ずいぶん遠くまできちゃってるけど、疲れてないか？」

「へーき」

「ぜんぜん、大丈夫」

峰宮の入り口まで大人でも一時間近く歩くが、子供の足だともっとかかる。周辺には眺めのいい丘や森林の遊歩道があるので、散策でもしてるうちに知らないところまできてしまったのだろう。

「私はカリナっていうの」

「僕はカナデ。おにいちゃんは？」

「俺は、亨。よろしくな」

「亨ちゃんね。お友達ができて嬉《うれ》しいわ」

カリナは女の子らしく、オマセな口調で言って亨を仰いだ。

「二人はよく似てるけど、きょうだい？」

「双子。二卵性なんだよ」

「カナデちゃんが、おにいちゃまなの」

「おお、おにいちゃまか」

まったく違和感のない『おにいちゃま』発言。つかえることなく流暢に日本語を操るカナデとカリナは、子供ながら品があって、教育の行き届いた良家の子息子女のようだ。

「日本語がじょうずだね。どうやって覚えたの？」

普通に喋っても大丈夫そうだけど、念のためゆっくり柔らかく、聞き取りやすいように話してやる。

「ママが日本人だから」

「え、ハーフ？」

ちょっと驚いたけど、そう言われてみればどことなく東洋系の血が入った顔立ちに見えなくもないような……。まあ、どっちにしても将来が楽しみな美形であることには間違いない。

「じゃあ、日本語はお母さんに習ったんだね」

「ううん。ママは私たちが二歳のときに死んじゃったわ」

「あ……そうなのか。ごめん」

知らぬがゆえの失言だが、相手が子供だと思って流しちゃいけないのだ。しかし、神妙に謝る亨を、カリナとカナデは不思議そうに見あげてくる。

「どうして謝るの？」

「え？　ああ、なんかほら、悲しいことを思い出させちゃったかなって」

しんみりして言うと、二人は顔を見合わせて無邪気に笑った。

「亨ちゃん、優しいのね。お写真でしか顔を憶《おぼ》えてないから、悲しくはないの。でも、大好きなママだわ」

「だから、いつかママの生まれた国に行こうってカリナちゃんと約束して、ちっちゃな頃から二人で頑張って日本語の勉強してたんだ」

「そうか。俺も、お祖母《ばあ》ちゃんが死んだのは二歳のときだった。どんなふうに優しくしてもらったかとか忘れちゃったけど、大好きだったのだけは憶えてるよ」

「僕たちと同じだね」

「うん、同じだ。それにしても、まだ小さいのにこんな完璧に日本語をマスターするなんてすごいな。二人とも優秀だな」

「私たちの日本語、じょうず？」

「とってもじょうずだよ。生まれたときから日本で暮らしてるのかと思ったくらい」

「うふふ。まだ引っ越してきたばかりよ」

「三月に。ロスからね」

「ほおお、ロサンゼルス」

亨は、目を丸くして興味の声を漏らした。

こんな田舎に外国人が何世帯もいるはずない。そして、シドはロサンゼルスの病院のドクターだった。『もしかして』の符合が重なってきたではないか。

「カナデとカリナは、何歳?」

「七歳」

二人で合唱するみたいに声を揃えて答える。息がぴったりだ。

「じゃあ二年生か。このへんにはアメリカンスクールなんてないけど、それだけ日本語ができれば峰宮小学校かな」

「さあ?　学校のことはわからないわ」

「え、まだ手続きしてないのかな。新学期の早いうちから行ったほうがいいのに」

「学校って、楽しい?」

「そりゃ楽しいよ。峰宮小はイベントが多いそうだし。春は遠足とか餅《もち》つき大会とか」

「モチツキタイカイ?」

「って、なに?」

「大きなウスで餅をつくんだ。え～と、餅米ってのがあって、それを蒸して」

日本にきたばかりで、餅そのものを知らないのかもしれない。できるだけわかりやすく教えてやろうと、亨は一生懸命ジェスチャーをまじえて説明した。

「おうちに帰ったら調べてみよう」

「食べてみたいよね」

「どうやって調べるんだ？」

「パソコンよ。わからないことはネットで調べたらすぐわかる」

「おぉ？　小さいのに、パソコン使えるのか」

「普通だよ。勉強でもなんでも、便利じゃない」

「へぇえ……先進的、てか頭いいんだな」

「パソコンくらい、誰でも使うでしょ」

「いや、まあそうだけど」

　自分が小二の頃は、パソコンなんて大人のものであって、使い方なんか知りもしなかった。今の小学生は……、やっぱり勉強に活用する子は少ないんじゃないだろうか。アメリカ人だから、日本の子供とは育った環境が違う。というより、この子たちが特別なのだろうと思ってしまう。

「ここの畑、広いね。なにを作ってるのかな」

「じゃがいもだな。これから種植えだ」

「アイダホの畑と似てるわ」

「去年、旅行で行ったんだよ」

「アイダホポテトかぁ」

町と町を繋《つな》ぐ道は二本あり、そのひとつがこの広い農地を渡る細道だ。クネクネと曲がりくねった県道を通るより、畑の真ん中を渡るこの道のほうが早い。アメリカのじゃがいも畑は見たことないけれど、抜けるように晴れ渡った青い空。果てまでも続いていそうな広大な畑の真ん中を歩く開放感が、アイダホのじゃがいも畑と似ているように感じられるのだろう。ここは丘陵に囲まれた巨大なすり鉢の底ではあるが。

「ポテトチップスが食いたくなった」

「私はチップスよりチーズを乗せたオーブン焼きが好き」

「僕はどっちも同じくらい好き。お腹空いてきちゃったね」

「ん～、ハラヘッタ。今すぐ食えるならナマでもいいぞ」

亭が空気を食べるみたいにして口をパクパクさせて言うと、カリナとカナデがキャッキャと声をたてて笑う。容姿端麗で育ちのよい、人間離れさえして見えるお子様たちの、これぞ天使の笑顔だと思ってしまう。

「ナマのお魚は美味《おい》しいって聞いたけど、ほんと？」

「刺身のことか？」

「スシとか」

「まだ寿司食ってないのか。そりゃぜひ食わないと。北海道の魚は美味《うま》いぞぉ」

「カニは？」

「おお、カニもウニもイクラも最高！」

他愛《たあい》のない話題がポンポンと移っていく中、農道をしばらく歩いて、ようやく峰宮町に入った。だが目的の郵便局はもう少し先だ。

「亨ちゃん……この道、知ってるの？」

町の中心地に向かう途中、カリナは五十センチほどの段差をよじ登りながら、不安そうな顔を亨に向けた。

農道を抜けたあとの近道は、丘へと続く急な登り勾配《こうばい》があって、それは農家の人々が畑へと下りるための直通の道。いちおう道とは言っても、草を踏み分けてできた簡易な通路で、数メートルごとにいくつか段差が作られているのだ。

「もちろんさ」

そう言ってやっても、カリナとカナデは眉間を寄せて顔を見合わせる。クラシカルでドレッシーな服装が語っているが、彼らは都会育ちできっとこんな道なき道を歩いたことがないのだろう。

亨は、次の段差と亨の顔を見比べる二人に、グッと親指を立ててみせた。

「大丈夫。ここを抜けたらすぐだから、任せとけ」

峰宮の地理はそんなに詳しくはないけれど、一度行った場所は忘れない。このあたりは子供の頃に何度かきて遊んだことがあるから、方向感覚も道もしっかり覚えているのである。

安心したらしいカリナとカナデは道なき道にも慣れたようで、小さな花を摘《つ》み、虫を見つけてはキャーキャーはしゃぐ。道中楽しそうでなによりだ。

最後の段差はこれまで越えた三つより少し高い。身長のない子供には、ちょっとアクションがきついだろうと、亨は気遣った。

「きれいな服を汚しちゃいけないな。よし」

言うと、二人を両脇に抱えて飛び乗るようにして段差にあがって地面に降ろし、戻ると今度は自転車をひょいと持ちあげてまた飛び乗る。それを見たカリナとカナデが、手を叩《たた》いて歓声をあげた。

「亨ちゃん、力持ち」

「すごいわ。かっこいい」

「軽い軽い」

亨は自転車を引いて歩きながら、エヘンと鼻を鳴らした。だけど子供相手に得意になって、ガキ大将にでもなった気分でちょっと気恥ずかしくて、なんとなく照れ隠しに頭をかいた。

ここまで四、五十分は歩いただろうか。

点在する農家の間を通って県道に出て、しばらく行くとやっと住宅や商店が見えてきた。目的の郵便局は、ずっと向こうに見える十字路を右に曲がって、さらにしばらく行ったところで左に曲がったその先だ。

かなりの距離を歩き続けたカリナとカナデは、さすがに疲れているようすが窺える。けれど、覚えのある道に出ると急に足取りが軽くなり、十字路で郵便局とは反対の方向に曲がって、「こっち、こっち」と元気いっぱいで亨を引っ張っていく。

今度は案内される立場で二人についていくと、町外れの丘の上にこんもりと広がる白樺林が見えてきた。

緩やかに続く坂道を登って下って、ラストスパートをかけるみたいな早足でやっと辿り着いたのは、夕陽に映える二階建てログハウス風の家。

そこは白樺林を切り開いた新しい住宅地で、木々の向こうに見える隣家までの距離はおよそ五十メートルほどだろうか。塀や門はなく、避暑地の別荘といった雰囲気のお洒落《しゃれ》な景観だ。

玄関ポーチの脇にスタンドポストがあり、プレート部分に書かれているアルファベットを読んでみると……。それは『ＢＯＵＮＴＹ』という外国人名。亨は胸の中で、「やっぱりか」と呟いた。

ロスから越してきたばかりのバウンティさん、などと偶然が重なった外国人がこんな田舎に二人もいるわけがない。同姓の別人なんかじゃなく、やはりここはシドの家で、この双子はシドの子供に違いないと断定できる。

ということは、カナデとカリナもシドの血を引く人獣！

彼らがどんな種なのか、この子たちでわかるかもしれないと考えたらウズウズする。

しかし、こっちの事情を知らない無邪気な子供にいきなり獣かなどと訊くのは無体というもの。

それなら匂い。幼い人獣はガードが甘いから、後ろ首のあたりに近づけば本性の匂いが嗅げる可能性は高いはず。

亨はポーチの階段をあがった二人の背後で軽く屈《かが》み、多大な期待を潜めてこっそりスーハーしてみた。

けれど……距離が遠いのか、鼻腔《びこう》に入ってくるのは新築ログハウスの建材と白樺の香りだけ。

感覚を研ぎ澄ましてみても期待する匂いは得られなくて、結局なにも判明できないのかとガッカリしてしまう。

もっと体温を感じるくらいに近づけばあるいは、と思うものの、これ以上鼻をくっつけてクンクン嗅いだら変質者と間違われる。通りすがりの人に見られて通報でもされちゃたまらない。

残念だけど、今日はあきらめるしかないだろう。

それにしても、彼が子持ちだったとは驚きだ。どう見てもカリナとカナデは七歳くらいだから、生まれたのはシドが二十歳《はたち》そこそこ。早くに奥さんを亡くしたのは気の毒ではあるが、勉強が大変な医学生時代に結婚して子供まで作ってしまうなんて、いやはや、いろんな意味で天才だ。

カナデが首にかけたネックレスチェーンを襟元から引きあげると、スルリと鍵《かぎ》が出てくる。シドはまだ学校にいる時間で、母親のいないこの子たちは当然のことながら鍵っ子なのである。

「亨ちゃん、入って。一緒にポテトチップス食べようよ」

ドアを開けると、カナデとカリナは人懐こく笑って亨を手招いた。

「シフォンケーキもあるのよ。私、お茶を淹《い》れるわ」

亨はお招きに応じようかと一瞬迷ったけど、笑みを返しながら首を横に振った。主《あるじ》の留守中にあがりこむのはさすがにどうかと思う。子供と一緒になっておやつを食べているところにシドが帰ってきたりしたら、バツが悪い。というより、さらなる弱みを握られるようで、ますます不利に陥る気がする。

「ありがとう。でも、今日は遠慮しとくよ」

「まあ、どうして？　私たち、お礼がしたいのに」

「せっかく仲良くなれたんだから、もっと亨ちゃんと遊びたいな」

「そろそろ陽が暮れるし、俺も早く家に帰らなきゃ」

「亨ちゃんのおうち、遠いの？」

「ちょっとね。電動チャリ飛ばしても、ここから一時間以上かかるんだ」

「じゃあ、道が真っ暗になって怖いわね」

「残念だけど、しかたないね」

カナデとカリナは、残念そうな顔で亨を見あげる。それがひどくショボンリして見えて、亨はなんだか胸がシクシクしてしまった。

父親の帰宅を二人きりで待つのは、寂しいのかもしれない。そうだ。医者といったら殺人的に忙しい職業。父子《おやこ》の触れ合いもままならず、きっと寂しい思いをして育ったに違いないのだ。事が落ち着いたら、改めて遊びにきてやろう。

「また会えるといいな」

亨は、心をこめて言ってやった。

「そしたら、次こそ美味しいお茶をごちそうするわ」

「ポテトチップスも、用意しておくから」

「楽しみにしてるよ」

二人に会いにくるのもそうだが、シドとの対峙もどうなるか楽しみである。

電動アシスト自転車にまたがってペダルを踏むと、カナデとカリナは手を振って見送ってくれる。寂しい境遇のせいか少しこまっしゃくれたところがあるけど、素直で可愛い双子だ。

シドが得体の知れないおかしな男でも、子供に罪はない。関係のない二人の匂いを嗅ごうなんて、アンフェアなことをしたと思う。

人獣だろうがなかろうが、これはまだ亨一人が抱えている問題であって、シドとの対決さえ果たしていないのだから。これからの彼の出かたしだいでは、へたしたら衝突するような事態にならないともかぎらないだろう。その前に、これ以上子供たちとかかわって、この子たちをゴタゴタに巻きこむことになってはいけない。だから今日はなにも、自分がシドを知っていることも、言わないでおいたほうがいい。起こりうるゴタゴタの種を子供から切り離しておく配慮は、オトナの良識というものである。

亨は自転車を漕《こ》ぎながら振り返り、白樺林に向かって「うん」と頷いた。

とりあえず、双子との思いがけない出会いで、シドのプライベートの一部を見ることができた。へんに躊躇して近づけなかったけど、おかげで話のとっかかりを得た。

明日こそ、強気で保健室に乗りこんでやろうと思う。

子供の存在を指摘して父親の意識を促せば、いくらなんでもいかがわしい行いに及んだりはしないだろう。もしもの場合のストッパーになるに違いない。こっちのペースに持ちこんでやるのだ。

夕陽が西の山並みに姿を沈めていき、視界がしだいに影を深めていく。

亨は自転車のライトをつけ、ペダルを踏む足に力をこめた。


「今日、亨ちゃんに会えたわ」

「なかなかうまく接触できたと思うよ」

カリナとカナデは、遅い夕食の席に着いて楽しそうに言った。

「魅力的だろう、亨は」

シドがチキンを切り分けながら、薄い唇のはしに笑みを浮かべて答える。

車で学校に通うシドの帰宅は、だいたい夜の七時すぎ。ロスでは乳母《ナニー》が双子の世話をしていたけれど、ここでは夕方だけ家政婦が入って夕食を作る。多忙なER勤務では家族ですごす時間は極端に少なかったが、来日してからほぼ毎日三人揃って食卓を囲めるので双子はご機嫌だ。

「すごく優しくしてくれたよ。面倒見のいいお兄さんだった」

「でも、なんだか子供っぽくて、可愛いわ」

「ああ、おまえたちより無邪気で子供っぽいかもしれないな」

「うん。純粋で、一直線なカンジ」

「日本の高校生って、みんなああなの？」

双子はディナープレートを受け取りながら、顔を見合わせていっそうはしゃいだ。

「アメリカの高校生ほど奔放ではないようだが」

「悪いタバコとかお薬は染みついてないし、いやらしい臭《にお》いもしない」

「透明で清潔な匂いだったよね」

「亨は特別だよ。誰よりもきれいで強いオーラを持ってる」

「あ、けっこう力持ちだったよ。自転車をひょいって片手で持ちあげちゃうの」

カナデはフォークを握った手をひょいと肩の高さにあげて再現してみせる。

「痩《や》せてるのに、きっと鍛えてるのね」

「気を遣って一生懸命お喋りしてくれたし」

「そうね。頼りになるすてきなお兄さん」

「一族の長《おさ》になる自覚が、彼をまっすぐに育てているんだろうな。落としがいがあって楽しみだ」

「シドは亨ちゃんのこと、お気に入りだね」

カナデが口角をあげてクスクスと微笑った。

「おまえたちも、会ってみてわかっただろう」

「ええ、私たちも亨ちゃんのこと気に入ったわ」

「もっと仲良くしたいな。早く招待できるといいのに」

「計画は簡単にいきそうね」

カリナはマッシュポテトを口に運びながら、おしゃまな上目でシドに微笑みかけた。

「ポテトのおかわりは？」

「いただくわ」

「僕も、いただきます」

シドは子供たちの皿にマッシュポテトのおかわりを載せてやる。

「本当に……楽しみだ」

呟くと、ワイングラスをゆっくり傾けながら、ここにいない者を見つめる瞳を窓の外に馳《は》せた。

「片桐ぃ、今日こそ遊ぼーぜ」

放課後。大川と山田と吉井が、まだ席に座っている亭を囲んだ。

「わりーな。大事な用があるんだ」

保健室に行くのである。顔の前に手を立てて「すまん」と言うと、三人はガックリ肩を落とした。

「なんで～？　もう受験態勢に入っちゃってんの？」

「まさか。そんなの夏休みのあとだよ」

「じゃあなんでつき合い悪いのよ。せっかく四人同じクラスになったのに」

「二組の鈴木《すずき》がカラオケのセッティングしたんだ。市立高の女子もくるんだって」

「ちょっとだけ参加しねえ？　三十分とか」

「片桐がいると、俺らのウケがいいからさ」

「あ～、そりゃ……」

田舎といえど、健康に成長している男子校生。他校の女子にコネのある鈴木がセッティングしたカラオケが、唯一楽しみな異性との触れ合いのチャンスなのである。

亨は異性との触れ合いにはたいして興味ないのだが、素朴で不器用な彼らと女子の間に入って場を取り持ち、いつもだいたい盛りあがった頃を見計らって先に帰る。だから彼らにとって、出だしをつかんで女子をしらけさせない方向に引っ張っていく亨は、ぜひとも参加してほしいムードメーカーなのだ。

まあ、その後カップリングの発展がうまくいったためしはないのだが。

「ほんと、悪い。埋め合わせは今度」

亨が席を立つと、三人はブーブー言って残念がる。

「しかたねーな。次こそ頼むぞ」

「今日は不作だなあ」

「次は絶対、一緒に行ってくれよ」

「わかった。じゃ、またな」

つき合ってやりたいが、この勢いを削ぐわけにはいかない。亨は消沈する三人に愛想笑いで謝りながら、そそくさと教室を出た。

ホームルームが終わったばかりの時間だから、今頃はもう他の生徒が押しかけているだろう。でも人払いさせてやる。それだけ重大な話をするのだから！

と、意気込んで保健室の前に立ったところが、なぜかドアに『ＣＬＯＳＥ』のプレート。

留守にしているのか、急ぎの事務処理中か、真剣なカウンセリングでもしているのか。せっかく勢いつけてきたのに、思惑が外れてまた出鼻を挫かれてしまうじゃないか。と誰にともなく呟いて、ドアをそっと開けてみた。

すると、シドはいた。

仕事をしてるふうでも忙しそうでもなく、デスクでコーヒーを飲みながらのんびり窓の外を眺めている。

生徒の姿はなく、カウンセリングをしているようすもない。首を傾げて覗きこむと、亨の気配に気づいて振り返ったシドが、カップを置いて手招きした。

「入っていいのか？　クローズだろ、忙しいんじゃねーの？」

亨は遠慮がちに入室すると、ドアを後ろ手に閉めた。

「休憩中。亨がくるだろうと思って、待っていたんだよ」

「なんで、俺がくるって……？」

「魅力的な亨と、もっと仲良くなりたいからね」

「はあ……？」

意味の繋がらない返答をされて、気が抜けて思わず人差し指で眉間を押さえてしまう。

「コーヒーを淹れてあげよう」

シドは、座りなさいと言って新品のソファセットを示す。落ち着いた色合いのコンパクトな三人掛けと、テーブルを挟んでシドの座るシングルソファだ。

「豪華なセット入ったじゃん。お、座り心地いい」

固めでポウンッと弾むソファに腰を下ろすと、シドが二人分のコーヒーをテーブルに置いてぴったり亨の隣に座った。

最初の日と同じシチュエーションだ。あのときも、ベッドで隣に座って、悩み相談だとか言っていつの間にかおかしな触診をされたのだ。

亨は警戒して、露骨に尻をずらして距離を取った。ところが、シドに追いかけるようにして距離をつめられた。軽く斜に構えて見あげると、微笑む黒い瞳が間近にあって、亨の胸の中でなにかがぴょんと跳ねた。

「カナデとカリナを家まで送ってくれたそうだね。ありがとう」

「あ……」

こっちのペースに持ちこむネタだったのに、先に言われてしまった。留守番中のできごとを父親にきちんと報告するよい子たちだ。しかし。

「あれ？　なんで俺だって、わかったんだ？」

そう、記憶に間違いがなければ、亨も双子も、お互いフルネームを言っていなかったはずだ。

「優しくて力持ちですてきな亨ちゃんといったら、他にいないだろう」

「あてずっぽかよ」

「シグナルだよ。俺は、亨の信号をキャッチできるんだ」

「…………」

意味不明で、またも気が抜けてしまう。まったく、どういう思考回路をしているのかよくわからない男である。

「なぜだと思う？」

シドは低く言いながら、上半身を亨に寄せてくる。

なぜ亨の信号をキャッチできるかなんて、どうでもいい。先制で牽制《けんせい》だ。今度こそタイミングを外さず、いかがわしいアレコレをされないように、こっちのペースに持っていくのだ。

亨は半身を引き、そっくり返りそうな格好で胸を張って強気に出た。

「あんたが子持ちだったとは、驚いたよ。学生結婚？　二十歳くらいんときの子供だろ。父親がこんなんで、二人があんないい子に育ったのは奇跡だよな。亡くなった奥さんも草葉の陰で喜んでるだろうな」

死んだ妻を思い出せ！　純真な子供たちに顔向けできないようなコトをするな！　そう胸の中で唱え、シドの反応を窺う。

シドは唇のはしに笑みを浮かべたまま、亨の肩にそっと手を置いた。

「あれは、甥《おい》っ子と姪《めい》っ子」

「……へ？」

「五年前に事故で死んだ兄夫婦の忘れ形見だ」

「あ……そ、そうなの？」

急に勢いが萎《しお》れて、背中が丸くなっていく。またミスってしまった。バウンティ家の子供だからシドの子だと単純に考えて、想定が及ばなかった。想像力が足りないのもそうだけど、いろいろな意味で自分の未熟さが悔やまれる。

「そうか……えと……、ごめん。無神経だった」

即認めて、素直に謝る亨である。

「俺はさ……身近な人が死んだのってばーちゃんくらいで、それも小さいときだったから、先だたれて悲しいとか寂しいって感覚がよくわかってないんだ。だから考えの足りないことばっか言っちゃって」

シドは亨の髪を撫で、ふわりと目元を細めて見つめた。

「本当に優しいんだな、亨は」

「いや、思い遣《や》るだけならいくらでもできる。でも経験ないことだから……、どれだけ思い遣っても残された人の気持ちには全然近づけないだろうなと、思う」

「理解しようとしてくれるだけで、癒《いや》されるよ」

亨は俯《うつむ》き気味にはにかむ微笑を見せ、ちょっと肩を竦《すく》めた。

「カリナとカナデは悲しくないって言ってたけど、両親のいない寂しさは何歳で亡くしたって同じだよな。でもあんなに明るくてしっかりしてて、偉いよ、あの子たち」

「しっかりしすぎてしまったがな。俺も早くに両親を亡くして、年の離れた兄は一人きりの家族だったんだ。俺にとって兄であり、父であり、母でもあった。とても愛していた」

「うん……、うちは三人兄弟で両親もじーちゃんも健在だけど、ある日突然一人になったら、きっと絶望しちゃうだろうな」

「ああ、絶望したよ。悲しみを怒りに変えないと生きていけないくらいに」

「……辛《つら》いね」

自分の境遇と照らし合わせて想像してみるけれど、それだけで胸が締めつけられる。シドの痛みはきっと、言葉なんかでは言い表せないだろう。愛する兄の死と、託された小さなふたつの命。血統を守り団結して暮らす一族の中で育った自分と比べると、なんだか心細くてひどく孤独だ。

このひとときだけでも寄り添って、彼の悲しみと怒りを和らげてやりたくなった。

「でも、お兄さんはあんたに双子を残した。だから、生きてこれたんだろ。あの子たち見てると、すごく愛されて育ってるんだなって、わかるよ」

「そうだな。兄が残してくれた子供たちは、なによりも愛《いと》しい。なのにロスの病院は激務で、泊りこみになることも多くてナニー任せだった。それも辛くてね、生活環境を変えようと考えていたときに、知り合いのツテでここの校医の話をもらって飛びついたんだ」

「なるほど。それで病院をやめて日本にきたのか。シドのこと、ちょっと見なおしたよ」

謎がひとつ解けた。ERの優秀な医師がこんな日本の田舎高校にくるなんて、流浪としか思えなくて不思議だった。でも真相は、子供たちと一緒にすごす時間、生活を手に入れるためだったのだ。知ってみれば、なんと胸の温かくなる事情だろう。

シドを見る目が少し変わって、亨は彼に親しみの感情が湧いてきた。

「兄は、海外から招かれるほど優秀な細胞学の権威だった」

「学者かぁ。亡くなったときって、何歳？」

「三十三」

「へえ、若いのにすごい。天才の家系なんだな。子供たちも頭よさそうだし、シドも飛び級で大学卒業して医者になったんだろ？」

「俺は、兄の足元にも及ばない。彼が二十八歳のときには、すでに名の知られた研究者だった。俺はただの医者。凡人さ」

「なに謙遜してんだよ。俺のすぐ上の兄貴が医大生だけど、あんたのこと話したら二十八でERのドクターなんて天才だって、言ってたぞ」

並んだ肩が触れ合うと、シドの瞳が緩やかに笑む。その表情がとても穏やかで、亨の胸もホッと和んだ。

「コーヒーが冷めてしまったな。淹れなおそう」

「あ、いいよ。ぬるくても気にしないから」

話に夢中になって、まだカップに手さえつけていなかったのだ。

「もったいないし」

慌てて飲もうとすると、横からカップが奪われた。

「ぬるくなっちゃ不味《まず》いだろう」

シドは冷めたコーヒーをシンクに流すとミルで豆を挽《ひ》き、コーヒーメーカーをセットする。亨はその後ろでウロウロしながらシドの手元を眺めた。

「せっかく用意してくれたのに、悪いな」

「何度でも淹れてあげるよ。一緒に熱くて美味いのを飲もう」

なんだか、ごく自然な会話ができている。とんでもない男だと思ったけど、こうして普通にしていると、どこからどう見ても知性的で洗練された医師。カウンセラーとしても、生徒に人気があるのは頷ける雰囲気だ。

日本にきたのはすべて子供たちのためだなんて、すごくいいやつではないか。これならわざわざ腹を割って話す必要なんてないだろう。彼がどんな人獣か追及するなんて、よけいなお世話。せっかく得た子供たちとの平和な暮らしなのに、水を差すようなことをしちゃいけない。

……でも、やっぱり知りたい。『一族に害を及ぼす男なら対決する』なんてのはだいたい三十パーセントくらいが建て前で、あとは満々たる好奇心なのだ。最初に会ったときから抱えていたこの好奇心は、知らないことにはもう引っこまない。

せめて匂いのヒントだけでも……、と亨はコーヒーを用意するシドの背中に近づいた。こっそり背伸びして、首の後ろに鼻先を寄せた。

気配を潜めて静かにスウーと深く息を吸う。ちょっと首を傾げると、今度は短くゆっくりクンクンと嗅ぐ。

さすが、知能と精神力が並じゃないのか、ガードが堅くて獣の匂いなんてしない。

ほのかに漂うのは、前と同じフレグランス。それがやけに甘く感じられて、いかがわしい手のうごめきを思い出した下腹が唐突に疼いた。体が発熱しそうになって、でも抑えようとしたけど制御できずに頭がのぼせた。

ふいにシドが振り返る。間近に見える顔がズイッと迫って、亨の唇を温かな感触が押し包んだ。

えもいわれぬ感覚がジワジワと体を巡り、そしてやっと脳に到達する。キスをされているのだと理解して、我に返った亨は遅まきながら焦って飛び退《すさ》った。自分が耳まで赤くなっているのがわかって、思わず両手でほっぺたを覆ってしまった。

「な、なにしてんだよ」

「キス」

「だから、なんでっ」

「振り返ったらそこに唇があったから」

どういう理屈なんだか、わけがわからなくて切り返す言葉も出ない。

口をパクパクさせていると、退《ど》いた分シドが距離をつめて顔が近づく。後ろ歩きのまま一歩二歩と逃げるけれど、シドは大きなストライドで迫ってきて、また一歩二歩と距離がつめられていく。

ソファにふくらはぎがぶつかって、仰向けに倒れこんだ。すかさずズボンのベルトを外されて、亨は引っくり返ったカメみたいに手足をバタつかせた。

「ちょちょ、ちょっと待て。なにすんだ」

「前回の続き。ここの成長を視診してなかっただろう」

「しなくていいから」

「恥ずかしがらないで、おとなしく診せなさい」

シドは片手で亨の胸を押さえつけ、もう片方の手でファスナーを下ろす。

「見せるかっ、ボケヤロー」

必死にシドの手を阻止しようと暴れるけど、どうにも体勢が不利。細長いソファに押さえつけられ、片側は背もたれが壁になって、動きがままならない。

「やめろよ？　カナデとカリナに愛されてんだろ。親代わりとして子供たちに顔向けできないようなコト、すんなよ？」

「ああ、それはもちろん。親代わりとして手本になるよう、いつでも心がけてる」

「だ……だから」

「だから、生徒の健康管理には責任を持って当たらなければな」

しゃあしゃあと言う舌先が、ペロリと口のはしを舐める。

純粋で穢《けが》れのない子供を盾にすれば牽制できるだろうと、算段していたのに。己の所業を少しは恥じて思いとどまるに違いないと思ったのに。この男にはまったく通用しない。それどころか、焦ってジタバタする亨を見て楽しんでさえいるようだ。

「やめろ……って。どーしてこんなことするんだよ」

「さっきも言っただろう？　魅力的な亨と仲良くなりたいから」

「茶化すな。あんた、こんないかがわしいこと他の生徒にもやってるのか？」

「まさか。キミだけだよ」

「どっかで聞いたようなコマシせりふ言ってんじゃねーっ」

下着の中に入りこんだ手に大事な部分を握られて、そこが大きく脈打った。すでに熱を含んでいた体の芯が、悩ましく火照《ほて》って喘《あえ》いでしまいそうになる。

「お、俺は……武道三種目の段持ちだぞ」

頬を硬直させ、ジクジクする腹の底に力をこめ、踏ん張るような声を絞り出す。

「ほお、勇ましいね。なにをやっているんだ？」

「かっ、空手と、合気道と……剣道。あんたなんか、簡単に投げ飛ばせる。骨の二本や三本は、ポキポキ折れちゃうぜ」

「ココがこんなになって、できるのか？」

シドは亨を見おろし、下着の上から固く膨れた屹立をキュッと扱く。

「で……っ」

できる。できるはず。なのに、腰が砕けて下半身はすでに開いた状態。腕だけが無駄に抵抗するばかり。先端からヌルつく露が溢れ、下着にシミを作る。意に反して刺激を悦《よろこ》ぶ幹が、どんどん固さを増していく。

「本当に嫌なら投げ飛ばせ。それができないのは、亨が俺を好きだからだ」

「ふっ、ふざけんな」

「もっと悦《よ》くしてほしいだろう？　亨の大好きな、俺の手で」

「気持ち……悪くてしょーがねーや、ヘンタイ」

「口だけ強がっても、発情の匂いは隠せてないぞ？」

ハッと見開いた亨の目が、すぐに熱で潤む。知性と精神力の強い人獣は、自分より劣る者の本性がわかってしまう。シドは最初に会ったときから、亨が人獣だと見抜いていたのだ。悔しいけど、今の亨は人としても獣としてもまだ半人前。シドのほうが何枚も上手だ。

「あんたも……人獣なんだろ。本性を、教えろよ」

「さあね。なんの話かな」

とぼけるシドが、フッと鼻の先で微笑った。

熟してぐっしょり濡れた屹立が、下着の中から取り出される。シドの手に捉えられたそれは艶を帯び、親指の腹で撫でられるたびヒクヒク痙攣した。

「初々しくて、可愛いな」

「あんたのは、もっと……デカいのか？」

「そう、体格差分くらいは大きいかな。見せてあげようか」

「い、いい。いらない」

「色も形も並以上。でも、ちょっと華奢だね。亭はまだ十七歳だから、もう少し育つだろう」

シドは亭のソレを弄びながら、目を細めて眺めおろす。

「ジ……ジロジロ……見るなよ」

快楽に味をしめた体は、とっくに抵抗を放棄している。羞恥《しゅうち》や理性も、もうどうだっていい。今は、頂点に向かって昇りつめることしか考えられない。導かれるまま素直に快感を解放したい。

ストロークを速められて、熱流が望みの沸点に近づいていく。

あと少し。もうちょっとで——。

喘ぐ喉《のど》を反らすと、ぼやけていく視界にドアが映った。それが、グラリと揺れて歪《ゆが》んだように見えて、意識が弾《はじ》けた。

ドアが開いたのだと理解した次には担任の佐野《さの》の顔を認識して、亨は「うわっ」と声をあげた。が、先に声をあげたのは佐野のほうだった。

「なっ、なにをしてるんだ！」

形相を変え、ドカドカ歩み寄ってくる。

乱れた学ランと、シドに握られた露《あら》わな隆起物。ナニをしていたかは一目瞭然《いちもくりょうぜん》。

「バウンティ先生、とんでもないことを。理事長に報告しますからね！　片桐、おまえがこんな破廉恥《はれんち》なことをするとは」

佐野は額に汗を浮かべて真っ赤になっているけれど、亨は青くなってしまう。

しかしシドは、落ち着いたようすで亨から離れ、にこやかに佐野に向きなおった。

「佐野先生」

低い声が、耳の奥に不思議な響きを落とす。佐野の視線が浮遊して、すぐに一点で停止した。

「片桐くんが腹痛で駆けこんできたので、診察していたんですよ」

真っ赤だった佐野の顔色がスウと平常に戻り、パチパチと瞬きする。

「え、ああ。腹でも壊したのか？　片桐が体調崩すなんてめずらしいな」

そして、何事もなかったかのように笑って言う。

亨は着衣をなおしながら、ソファに座ったまま唖然としてしまった。

「たぶん神経的なものですね。心配はありません。佐野先生は、なにか？」

「お、そうそう。頭痛がするもんで、薬をもらいにきたんです。クローズになってたから留守かと思ったけど、いらしてよかった」

「頭痛ですか。咳や鼻水は？」

「まだないけど、後頭部からコメカミにかけてこう、ズキズキと。風邪《かぜ》かなと思って」

「じゃ、熱を計ってみてください」

シドは佐野の体温を計り、椅子に座らせると喉を診て、聴診器で胸部の振動音を聞く。

「風邪ではないですね。肩が凝ってるでしょう」

「はい、コリコリです」

「筋肉が凝り固まって血行不良になると、頭痛が引き起こされるんです。鎮痛剤を出しますが、肩凝りを解消しないと痛みはすぐ戻りますよ」

病院の診察室にいるような光景の中で、亨はただただ呆然《ぼうぜん》としていた。

佐野は出された鎮痛剤を水で飲み下し、くるりと亨のほうを振り返った。

「神経性の腹痛なんて、おまえも意外と繊細なんだな。悩みでもあるのか？」

「はあ……いや、別に」

どこからどう見ても腹痛の診察をしていた状況じゃないのに、佐野はシドのひと言でたった今目撃したすべてを忘れている。いや、記憶を操作されたと言ったほうが正しいかもしれない。これは、生徒を帰したあのときと同じ、シドの不思議な能力だ。

「今年は大学受験が控えてるんだから、体には気をつけろよ。我が校の歴代トップの成績を塗り替えるのを、先生たちは期待してるからな」

「まあ、なんとか」

「しかしなあ、片桐は英語だけがいつも七十点どまりなんだよな」

「それは惜しいですね。他の教科で満点をとっても英語で足を引っ張られてしまう」

「や、だって、英語なんて使う機会がないから、勉強してもいまいち手応えの実感がないっていうか」

「文法ができても会話表現に応用できないってのが弱点だ。いっそ、カウンセリングついでにバウンティ先生に教えてもらうか」

「えぇ？」

佐野は冗談めかして言って、わははと笑う。

「許可していただけるなら、ほんとにやってもいいですよ」

などと、シドが真顔で加わってくる。すると佐野も、笑いを残しながらも真顔になって身を乗り出した。

「そうなったら鬼に金棒ですな」

「任せてください。試験の回答率百パーセントを目指して、みっちり個人レッスンしましょう」

「えっ?」

「おお、そりゃますます心強い」

「こ、個人レッスンなんてやっていいんすか、先生」

「背に腹はかえられないというやつだ。片桐の兄さんたちは、我が校の歴代の中でも追随する者のないツートップだぞ。頑張って兄を越えてみろ」

話が思わぬ方向へ転がっていく。兄たちを越えるのは亨の目標でもあるが、なんでシドの個人レッスンを受けなきゃならんのかと思う。

「じゃっ、バウンティ先生。片桐の英語、よろしく頼みます。中間テストの結果が楽しみだなあ」

期待満々なようすの佐野は、ご機嫌で保健室を出ていく。これはどう見ても、言葉ひとつで他人を意のままに操れる力の為せる業だ。

亨はもの言いたい口を開きながら、ゆっくりシドのほうを振り返った。シドは軽く首を傾け、ひょいと片眉をあげた。

「先生が生徒に個人レッスンなんて、まずいんじゃねーの？」

亨は、非難の目をシドに向ける。

「それは、特定の生徒を贔屓《ひいき》するという意味で？」

「まあ、そんなカンジで」

「成績の悪い生徒に補習を受けさせるだろ。それの逆バージョン、優秀な生徒をさらに補強するだけのことさ」

「補習と個人レッスンはちょっと違うと思うぞ」

「亨は先生たちの期待の星だ。担任が許可したんだから、問題ない」

飄々《ひょうひょう》と言われて、亨は腕組みをしてシドに向きなおった。

「佐野におかしな力を使ったんだろう」

「なんのことかな」

シドはあくまでもとぼける。それが面白がっているふうで、からかわれてるのがありありとわかって癪《しゃく》だ。

憮然《ぶぜん》として見あげると、長身から繰り出すシドの手がポンと亨の頭に乗った。

「で、次の土曜からどうだ？」

「は？　なにが？」

いきなり予定を訊かれて、なんの話の続きだったかわからずキョトンとしてしまう。

「個人レッスン」

「土曜は学校休みだろ。って、あんたんちでやるつもりか？」

思わず声をあげると、シドは当然といった顔で頷いた。

「勤務時間内だと生徒がひっきりなしにくるから落ち着かない」

「クローズにしときゃいいじゃないか」

「他の生徒を差し置いて、二人きりでここにこもるのか？　それこそ問題だ」

「いや、それは俺も遠慮したいけど」

「カナデとカリナが、亨にまた会いたいと言っていた。遊びも兼ねるつもりでくるといい」

子供たちを出されたら、嫌と言えないではないか。カリナの淹れたお茶で一緒にポテトチップスを食べようと、約束したのだ。

「う……うぅ」

まだシドの正体もわからなくて、相変わらずペースに巻きこまれっぱなしだというのに、家に乗りこむのはちょっと困惑してしまう。だけど、子供たちがいるなら今度こそいかがわしいことにはならないんじゃないか。恥部を握られさえしなければ、乱されることなく自分のペースを保てる。そうも思うのだけど……。

「何時でもかまわないから。子供たちと一緒に待ってるよ」

肩に置いたシドの手が、やんわりとうなじを辿る。長い指が髪の中に差しこまれ、地肌をくすぐられてゾクゾクと鳥肌がたった。

「毎週土曜日、おいで」

囁くような甘ったるい声が耳に吹きかけられて、全身の熱が誘発される。耳たぶが赤くなっていくのが、自分でもわかった。

ついさっき、あと少しのところで佐野が入ってきて、射精態勢だった体が強制終了してしまったのだ。わずかな刺激でも、根元の充満感が誘発される。押しやられていた官能が、ズキズキと疼きながら戻ってくる。

好きだから投げ飛ばせないのだと、シドが言っていた。そうなのだろうか。自分はシドを好きなのだろうか。気にして彼の一挙手一投足を追っているうちに、いつの間にか？

違う。そんなことあるわけない。ただ、彼の正体が知りたいだけの好奇心だ。触られて体が反応してしまうのは、単に健康な男の生理的欲求だ。

「くるね?」

「た……たぶん」

煮えきらない返事をしてシドの手を振り払うと、亨は廊下に飛び出した。

このままトイレに駆けこもうかと思ったけど、学校のトイレの個室で自己処理するなんて情けなさすぎる。硬派のプライドが許さない。

だけど、教室にカバンを取りに戻る間も神経が下腹に集中してしまって、半勃ちになりかけたままどうにも鎮まらない。とにかく早く家へ帰ろうと、階段を駆け下り、靴を履き替えて自転車置き場に走った。

我が家までの長い道のり、登り下りの坂をいくつも越えて健全な運動をすれば、下腹に溜まったあれやこれやも汗と一緒に流れるだろう。

自転車置き場から荒っぽく自転車を引っ張り出すと、勢いつけてサドルにまたがった。

「おぉぉ……」

股間がジンジンして、勃起《ぼっき》再発動の熱い欲求が体内を駆け巡った。

土曜日の昼食後。そろそろ出かけようとしたくを終えて、ちょうど携帯を手にしたところで着信メロディが鳴った。

早くこいというシドの催促電話かと思ったけれど、彼にはまだ番号もメールアドレスも教えてない。友達ならたいていの連絡はまずメールだし、と思いながら出てみると。

『どーも、こんにちは』

少し高めのトーンで、なめらかな声質。大牙と暮らしている凜だった。

「あ、どーも」

『急に電話してごめんね。ほら、前に言ってた校医の話。その後どうなったかなって、大牙が気にしてるから。自分で訊けばいいのに、あいつ面倒くさがりっていうか、離れた東京で心配してたってしょうがないとか言っちゃってさ』

大牙兄らしい。気にかけてくれているくせに、いつだってこっちから泣きつくまでヤキモキして待っているのだ。

「なんか大丈夫そうだよ。俺の考えすぎだったみたい」

『じゃあ、校医さんは人間だったんだ？』

「いや、獣なのは確定。まだ正体は見てないけどね。まあへんなやつなのは変わらないけど、そんな悪い男でもなさそうだし」

『そっかあ。よかった。大牙も安心するよ』

「うん。あいつ、子持ちでさ。あ、自分の子じゃなくて、亡くなったお兄さんの子供を引き取って育ててるんだけどね。カナデとカリナっていう男女の双子で可愛いの。日本にきたのは子供たちと一緒にいられる時間を作るためなんだって。見かけによらずってカンジで見なおした」

なぜか勢いづいてひと息に喋って、胸のあたりがホワンとした。と同時に自分がシドに好意的な感情を持っていることに気づいて驚いた。

これはどう見ても、今まで他人に感じたことのある『好意』とは、意味合いの違う種類の『好意』だ。

そんなばかな。ありえない。しかし、そう思えば思うほど、「亨が俺を好きだからだ」と甘く囁いたシドの声が頭の中を駆け巡って、困惑してしまう。

確かにシドという人物を見なおしたし、親しみも感じたけれど、そういう意味での『好意』と言えるものではなかったはずだった。なにしろ、カナデとカリナのことを知ってもプラスマイナス・ゼロになるくらい、不埒でわけのわからない男なのだから。

『お医者さんて、家庭は二の次になるくらい忙しい職業らしいもんね。すごくいい人だったんだねえ』

「そう……だね」

『じゃあ人獣同士、助け合ったりとかできるかな。子連れで慣れない日本暮らしじゃ、大変だろうし』

こんなふうに、人の裏を見たり穿《うが》ったりしない素直な凜だからだろうか。一人で悶々としているより、彼と喋っていると思わぬものが見えてくるような気がする。温厚で話しやすくて、年上を感じさせない人だ。まあよく言えばおっとり、ちょっと鈍いところがあるとも言えるが。

こんな凜だったら、遠回しに相談してもへんに勘繰ったり追及したりしない。きっとサラッと親身に聞いてくれるだろう。

「ちょっと、関係ない話なんだけど」

別の話題を装って言ってみた。

『うん、なになに?』

「え～と……と、友達のことなんだけどさ。好奇心で近づいたやつと……、ちょこっとエッチなことになって」

『うん、うん。友達ね』

「嫌だと思ってるのに本気で拒絶できないのは、実はその相手を好きになってるからだったりするのかな」

『う～ん？　向こうからエッチなことに誘ってきたの？　積極的なんだね。年上の女性なのかな』

「ま、まあ、けっこう年上」

男だと訂正しそうになったけど、同性である大牙の伴侶の凜とはいえ、まだそんなことは暴露できない。

『なにが嫌だったのかによるよね。その相手のことが嫌いなのか、エッチな行為そのものに抵抗があっただけなのか。亨くんはどっち？』

「う……俺は……」

友達のことなどと言っても、しょせんバレバレなのであった。

「別に嫌いじゃなくて……、でも特に好きでもなかったはず。そいつにちょっと謎めいたとこがあってさ、それがなんなのか知りたかっただけなんだ」

『で、近づいたら誘われてつい手を出してしまった、と』

一方的にされたのだが。

『エッチすることに抵抗があっただけの感じ？』

「だと思う。今だって嫌いになってないけど、でもあいつのどこが好きなのかも自覚がない。だから、自分がわからなくてモヤモヤするんだ」

『しちゃって、後悔してる？』

「……してない」

『また誘われたら拒む？』

「こっ……拒めなかった」

『ありゃりゃ。それじゃあ、しちゃった前よりその人のことが気になって、頭から離れなかったり』

「する。それより、ちょっと触られただけで体が反応しちゃうのがやばい」

『だったら、きっと好きなんだよ』

あっさり言ってくれる。

「でもそれ、単に男の本能なんじゃないの？　俺は今まで好きになるほど魅力を感じる相手っていなかったから、好きなのか性欲だけなのか、わからなくて混乱してるんじゃないかと思うんだ」

『そうやって否定するけど、でも否定しきれなくて悩むわけでしょ。俺も最初はそうだったよ。自分の気持ちがわからなくて、大牙を好きだって気づくのに時間がかかった。人の感情って理屈じゃ割りきれないから、ウダウダ遠回りして考えちゃうんだ』

「遠回り……」

『体から入る恋もあるって言うだろ。ほんとに性欲だけだったら、その人のことをもっと知りたいと思ったり、気になって頭から離れなかったりなんてしない。そんなに悩むのは恋してる証拠だよ』

「こ、恋？」

思わず声に出して、動揺して顔が赤くなった。

男相手に『恋』という単語を使うなんて、ありえない。あまりにも恥ずかしくてムズ痒い。だけど、この「男相手にありえない」という固定観念が、困惑状態に対処する障害になっている……のではないだろうか。

新たな難問にぶつかってしまった。

いやはや衝撃すぎて、口の周りの筋肉が不審な動きをして顎《あご》がカクカクしてしまう。

とりあえず、この混乱した頭で悶々としていても埒があかない。元凶に会って少し冷静に見なおしてみなければと思う。

亨はスーハーしながら通話を切って、携帯をポケットにねじこむ。玄関に出ると母の比《ひ》沙子《さこ》がパタパタと追いかけてきた。

「亨、これこれ。ほんの気持ちですが、って先生にお渡しして」

言って差し出されたのは、菓子折りだ。

「いいよ、そんな改まったもの」

「いけません。わざわざおうちに呼んで勉強を教えてくださるんだから、きちんとご挨拶しないと」

「両親がよろしくお願いしますと申しておりましたと、伝えるんだぞ」

父、史彦《ふみひこ》が比沙子の背後からのそっと顔を出した。

「子供さんが喜びそうなフルーツゼリーのつめ合わせにしたのよ。はい」

村の小さな洋菓子店の包装紙に包まれた箱を、グイと胸元に押しつけられる。

両親に揃って迫られたら、持って出ないわけにはいかない。亨は渋々受け取ると、ヘルメットを被ってバイクのエンジンをかけた。

天気は良好。通学はバイク禁止なのでアシスト自転車だけど、普段はもっぱら中型バイクを使っているのだ。ここからシドの家までは学校より少し遠いけど、かかる時間が短縮できて、見慣れた景色でもツーリング気分になれて爽快だ。

山道の登り下りをスイスイと越え、トンネルをいくつも潜って峰宮町に出る。白樺に囲まれたバウンティ宅に到着すると、ポーチの柱に『WELCOME』のトールペイントボードがかけられていた。

迷子の双子を送ってきたときには、なかったものだ。訪問を歓迎してくれるカナデとカリナの気持ちが嬉しい。シドが進んでやりはしないだろうけれど、子供たちにせがまれながら柱に釘を打ちボードをかける彼の姿を想像すると、なんだか微笑ましくて口元が緩んでしまう。

玄関脇にバイクを停めてヘルメットを外していると、エンジン音を聞きつけたカナデとカリナが飛び出してきた。

「亨ちゃん、いらっしゃい！　待ってたのよ」

「あっ、KAWASAKIのNINJAだ」

カナデは男の子らしく、目を輝かせてバイクを撫で回す。

「フルモデルチェンジしたばっかの新型だぞ。かっこいいだろう」

「かっこいいねえ。ロスではよくNINJAのライダーを見かけたよ。ね、あとで後ろに乗せて」

「日本よりアメリカのほうが人気の高い車種よね。カナデちゃんバイク好きだから、触れて嬉しいでしょう」

「おや、立派な交通手段を持っていたんだな」

言いながら悠々とポーチを降りてきたシドは、コットンの開襟シャツに春物カーディガンをはおったラフな普段着だ。

「ど、ども。おじゃま……します」

白衣を着ていない姿がなぜだか新鮮に見えて、亨は意識してシドから目を逸らしてしまった。

「自転車でくるんだと思ってたわ」

カリナがクスクス笑う。

「こんな田舎で、どこ行くにもチャリなんてやついないよ。俺も秋には十八だからな、夏休みに車の免許を取りにいく予定なんだ。通学は卒業まで自転車で頑張るしかないけど」

「秋って、お誕生日いつ？」

「十月五日。覚えた？　プレゼント期待してるからな」

「オーケー、覚えたよ」

「プレゼント、今から考えるわね」

「十月五日だな。その日は亨を招待して、バースデイパーティをしよう」

「え、ほんとにやってくれんの？　うわ、楽しみができたな」

賑やかに連れ立って家に入ると、シドたちは靴のまま奥に進んでいく。亨も遠慮なく土足で進み、室内を見回して「おお」と感嘆の声をあげた。

室内は広々としていて、柱や梁《はり》までもが計算されたお洒落なインテリア。アメリカ映画で見るような洋式の造りだ。

「あ〜、これ。ほんの気持ちですがよろしくお願いします、って親から」

持たされた菓子折りを両手で差し出すと、シドはどこか微妙な、少し冷めた表情で受け取った。

「日本の風習は変わってるな。他人にこんな気遣いをするのに」

するのに、……なんだろう？　ちょっと首を傾げたけど、続きを聞くまもなく子供たちが「開けていい？」と飛び跳ねてはしゃぐ。

「私、オミヤゲって好きよ」

「サプライズだよね。ワクワクする」

ダイニングのテーブルでいそいそと開くと、色とりどりのカップゼリーを窓から射す陽に掲げて楽しそうに声をあげた。

「可愛い。大きなフルーツが入ってるわ」

「美味しそう。冷蔵庫で冷やしておかなきゃ」

なんと子供らしくて無邪気な反応。お土産《みやげ》ひとつでこんなに喜んでくれるとは思わなかった。渋々だったけど、持たされてよかったと気分がほんわか和む亨だ。

「レッスンはこのダイニングテーブルを使ってくれ」

「おお」

亨は、さっそくデイパックからテキストとノートを出して座る。すると正面の椅子に双子が並んでちょこんと着席した。

「じゃ、はじめましょうか」

「カリナちゃんはスパルタだからね。頑張ろうね、亨ちゃん」

「えっ？」

「先にちょっとテキスト見せて」

「ええっ？　なに？　なんで双子が!?　シドが教えるんじゃないのかよ？」

「高校生ていどの英語なら、俺が出るまでもない」

「いやいやいや、いくらなんでも」

アメリカ生まれで七歳にして日本語を習得したバイリンガルとはいえ、高校生に英語を教えるのは無理があるだろう。と思うのだが、シドはまったく意に介さない。

「天才科学者の子だ。心配するな」

「この子たちが頭いいのはわかるけど、でもまだ小学生だろ」

「僕たち、小学生じゃないよ。学校には通ったこともないし」

「ずっとホームスクーリングだもの」

「ホーム……スクーリング？」

学校に通わず家庭で学習する、アメリカの合法な教育形式のひとつだ。亨がポカンとした顔を向けると、双子はやけに大人びた表情で微笑んだ。

「私たち、遅くても十五歳までには大学院に入るつもり」

「いろいろな分野を学んで、できるだけたくさんの博士号を取得しておきたいんだ」

「ライフワークとなる研究に出会うために」

「ラ、ライフ……、いろいろな分野って……なにを」

「今は基礎学力の習得中だからこれからだけど、生物工学のなにか」

「遺伝子工学と細胞生物学は面白いわよね」

「興味の対象が多すぎるんだよね。早く院にいって専門を学ばなきゃ」

「き、君たち……さぞＩＱ高いんだろうね」

「二百」

こともなげにサラリと答える。亨の顎が、カクンと音をたてて落ちた。

遺伝子だの細胞だのと言ったら、現代社会において、なにかと話題になることの多い最先端の科学研究である。優秀なんてレベルじゃなかった。この子たちは本物の天才だ。驚きすぎて顎が外れそうだ。

若くして世界的権威の研究者だった父親も、そんな道を歩んだのだろう。シドが、自分は凡人だと言っていたけれど、確かにこの父子と比べたらそうなってしまう。だけど、飛び級で学業を終えて医者になったシドが凡人なら、普通に高校に通って普通に大学を目指している自分は凡人以下の脳みそ。比較したら、きっとそのへんを走り回ってる野ねずみていどだ。

「納得したなら、次のテスト満点、頑張れ」

シドはいかにも他人事といったふうに言い、リビングのソファにゴロリと横になって本を読みはじめた。任せてください、なんて佐野に請け負ったくせに、天才双子に丸投げである。

「それじゃ、はじめようか」

「一時間お勉強したらおやつにしましょうね」

「う……よ、よろしく」

亨はモゴモゴ言って、テキストを広げる。

「まず、生きた英会話はヒアリングから」

「いや、英会話を習いにきたわけじゃないし」

「おだまり」

「え」

「言語はすんなり脳に入っていかないと、理解力が半減してしまうのよ」

「そう。脳が活性化すれば習得力も格段にアップするんだ」

「言ってることはわかるけど」

「わかったなら、今から日本語禁止。いいわね？　●□♪#▲∵★☆」

「#♪▲■$○⊠л π★Э●□☆」

「○▲□Э★#л♪$●」

「ちょ、ちょっと待った」

「■л○★？」

「早口でなに言ってるかさっぱりわかんね」

小さいくせに、なんとも強引で厳しい先生たちだ。

「主要単語も聞き取れない？」

「まったく」

「じゃあ、もう少しゆっくり喋るから。聞き取れた単語をメモしてみて」

「$▲○#♪■лп★Э●⊠☆」

「むりむりむりむり。追いつけなくて一文字も書けない」

シャーペンを握った手がノートの上でウロウロするばかり。今まで日本人教師の和製英語みたいな発音で学んできたのだ。いきなり容赦のないネイティブな英語を繰り出されても、感覚がついていくわけないだろうと思う。

「せめて教科書にそってやってくれ」

双子は、パラパラとテキストをめくる。

「う～ん……このテキストはあまり実践的じゃないからねえ」

しかし、日本の高校生のほとんどはこのようなテキストで学んでいるのだ。

「ヒアリングもできないで英語をマスターしようなんて、サルに宇宙語を教えるくらい無駄なことよ」

「ひでえたとえだな」

「耳が慣れれば、聞き取った英語は自然と頭の中で和訳できるようになるわ」

「そしたら、文法も応用問題も嘘《うそ》みたいに解けるようになるから」

「慣れる前に試験が始まっちまうわい」

双子は顔を見合わせ、ハアとため息をついた。

「最初からあきらめてちゃダメだよ。しかたないね。それじゃ」

カナデが席を立ち、戸棚をガサゴソと物色すると、ポテトチップスの袋を片手に戻ってきた。

「これを使おう」

「単語をひとつ正確に聞き取るごとに、ポテトチップスを一枚あげるわね」

「なんだそりゃ」

「気力UPのため」

カナデがやんわり言うと、カリナが「おすわり」みたいな口調でビシッと言う。

「ごほうび方式よ」

「犬の調教かよ！」

カリナはスパルタだからとカナデが言っていたけど、なんの。カナデも息がぴったりのスパルタ先生だ。勉強を始めたらいきなり豹変《ひょうへん》。無邪気で可愛い双子はどこいった！

である。

「じゃ、いくよ。●#□×▲∵♪」

「#♪▲■$○☒лп★Э●□☆○▲□★#л●」

「うがぁぁぁ」

このガキどもは将来マッドサイエンティストになる。絶対なる。そうに違いない。亨は頭を抱えつつ、全神経を双子の会話に集中させた。


一時間あまりもヒアリングをやって、カリナの淹れたお茶でお菓子を食べながら休憩。そのあと文法からの会話表現の応用をたっぷり二時間やった。

そのおかげで、宇宙語をほんのちょっと理解したサルの気分だ。

双子の声がリフレインする頭を押さえながらリビングに入ると、シドが待ってたよといったふうなジェスチャーをして手招いた。

亨は、遠慮なくシドの隣に腰かけ、ゲッソリして手足を投げ出した。

「成果はあがったか？」

「頭がゲシュタルト崩壊起こした」

背もたれに後頭部を乗せて天井を仰ぐと、シドが飲みかけのアイスティーのグラスの底を亨の額にあてる。ひんやりした感触が気持ちよくて、ヒートした脳みそがまるで深呼吸するみたいに落ち着いた。

「調子の悪いときでも学年トップスリーから落ちたことがないのに、あの子たちにかかったらかたなしだよ」

「二人とも勉強となると妥協しないからな」

「おかげで、ねずみの脳みそからサルていどには進化したけどね」

妥協なき探究心と向上心も、天賦《てんぷ》の才なのだろう。カナデとカリナはテレビの前に陣取り、録画していたアニメを見はじめた。

「天才でもアニメなんか見るんだ?」

「やだ、亨ちゃんたら。日本人のくせにアニメをばかにしちゃいけないわ」

「日本のアニメは奥が深いんだよ。これから録り溜めてた三本を一気に見るんだ♪」

オープニングの主題歌が始まると、双子はテレビと一緒になって歌い出した。こんなところは、やはり無邪気で可愛い子供だ。

「もう少し離れて見なさい。ソファを空けてやるから」

シドは、立ちあがって子供たちにこっちに座れと示す。亨には、二階へあがろうと背中に手をかけて促した。

「なにか、亨でも読めそうな本を貸してやろう」

「英語の？」

「文字に親しめば、学習もスムーズにいく」

「はあ、耳と目から慣らしていくわけか」

「大人でも感銘を受けるような、文脈の柔らかい児童文学がいいかな」

「星の王子様みたいな？」

「そんなような系統」

「星の王子様なら、うちにあるよ。和訳版だけど」

「読んだ？」

「小学生の頃にね。でも、なんかもの寂しかったような記憶しかないな」

吹き抜けの階段をあがると、広々した廊下を挟んで右と左にドアがふたつずつ。突き当たりにはバスルームとトイレがある。窓は大きく、天井にはいくつか明かり採りがあって、夕方だというのに家の中はまだ明るい。

「どこ見ても明るくてきれいで、洒落た家だな」

「新築だからそう見えるだけで、普通だろ。亨の家は？」

「うちは大正時代に建てたまんまの家だから。もうワビサビの世界だよ。廊下に襖《ふすま》とか障子がズラッと並んでて、板張りも柱も黒光りしてんの」

「それはぜひ拝見したい」

「見学するほどいいもんじゃねーよ」

亨が手を横に振って言うと、シドは声をたてて笑った。

「そっちはカナデとカリナの部屋。ドアはふたつあるが、壁をぶち抜いたひと部屋だ。こっちも、ぶち抜きの寝室兼書斎」

案内された部屋に入ると、そこは畳にして十六畳くらいの広さだろうか。左のドア側は壁一面のクローゼットと、ヨーロピアン調のダブルベッド。右のドア側には、壁一面にしつらえた本棚と、大きな書斎机。中央には洒落た猫足テーブルと、ゆったりしたリクライニングチェア。シドはびっしり並んだ本の前に立ち、何冊かを手に取って亨向けのものを選びはじめた。

「漫画とか……ないの？」

シドの後方で、亨は彼の気配を意識してしまう。

「M・シュルツなら」

どうしても、彼がどんな獣なのか知りたい。今すぐ知りたい。もう知りたい度がセーブできないほどアップしていて、気になって気になって夢にまで見そうだ。

お奨め本を選ぶシドは、気配が隙だらけ。亨は足音を忍ばせ、シドの背後にぴったり立った。

武闘派の大牙兄なら戦いを挑んで否応なく変身させるだろうし、知性派の巽兄だったら誘導していく会話からヒントを得つつじっくり追いこんでいくだろう。しかし、亨にはまだそんなスキルはない。

前回これで失敗したけど、懲りずに背伸びしてシドの後ろ首を嗅いでみた。

鼻を惑わすフレグランスの香りも、獣の匂いもしない。普通の人間なら当然肌にまとっているはずの、皮膚と汗の匂いもない。無臭だ。

こんなに隙があってくつろいでいるのに、普段からのガードが常に身についているのだろうか。

気配を消して音をたてないようにめいっぱい気をつけ、かつ一方で五感を総動員してスンスンと匂いを嗅ぐ。神経を集中させ、野生の感性を駆使して懸命に嗅ぐ。

嗅ぐことに気をとられるあまり、うっかり耳がぴょこんと出てしまった。

ハッと慌てた瞬間、シドが振り向いてニヤリと笑った。

「耳が出てるぞ。狼少年」

自分が先に本性をさらしてどーすんじゃと思うけど、見られてしまった耳はなんだか引っこみがつかない。目の色も、青く変化しているだろう。しかたなく開きなおってふてぶてしく言ってみた。

「俺が狼族だって、知ってたのかよ」

「気配も匂いもうまく隠してるが、まだまだ未熟だな」

シドは、ニヤニヤがとまらないといったふうで、亨の耳の先を弄ぶようにして指先でつまむ。

「山向こうの谷間に人狼の村があるのも、亨が頭領家の息子だというのも、知ってるよ」

耳の下をこちょこちょとくすぐられて、首筋がザワザワして思わず肩を竦めた。

「尻のあたりがきついんじゃないか？　ジーンズの中で尻尾《しっぽ》が出るに出られなくて、息苦しいだろう」

シドが、両手を亨のお尻に回して尾骶骨のあたりを撫でる。言うとおり、実は耳と一緒に尻尾も出現しかかったのだが、ジーンズに押さえつけられて出るに出られずムズムズしているのだった。

腰を抱かれるような格好になってジワジワと後退《あとずさ》るけど、シドは放そうとしないでぴったりついてくる。

また保健室のときと同じパターンだ。毎回同じ手に搦《から》めとられて、拒絶しきれずに好き放題されてしまう。

だけど、きっと……いつだって拒絶は本気じゃない……。

「知ってて、俺の反応を見て楽しんでたんだな」

「楽しかった。俺を探ろうと追いかけてくる視線が、とてもね」

校内でシドを見かけるたび、その動きをじっと見つめていた。廊下を歩きながら、または窓に寄りかかって校庭を眺めながら、シドがそのへんにいやしないかといつも彼を探していた。シドはそれに気づいていて、亨の視線を楽しんでいたのだ。

開いたジーンズをずり下ろされて、解き放たれた銀毛の尻尾がフサリと飛び出した。

「瞳の色もきれいで魅力的だが、銀色の尻尾も触り心地がふさふさだ」

「ふぁ……っ」

キュッと尻尾をつかまれて、膝から力が抜けてリクライニングチェアにへタりこんでしまった。触れられてもいないのに、露わな股間が期待してすでに半勃ちだ。

シドが、亨の足元に膝をつく。足からジーンズが引き抜かれると、心臓がうるさいくらいに早鐘を打った。

長い指が、撫であげるようにして膝から太腿《ふともも》を這い登ってくる。それだけで全身が粟《あわ》立《だ》って、勃起が脈打ちながら大きさを増した。

自分の体がもう抵抗しないのは、わかってる。だけど、このまま流されて感じっぱなしでいるのは悔しい。

Tシャツをめくりあげられて、薄ピンク色の乳首が露出した。舌先でペロリと舐められると、収縮した胸の先がツンと尖った。早くも喘いでしまいそうになって、必死に眉間を寄せて呼吸を押し殺した。

耳と尻尾が出ているせいか、感覚が研ぎ澄まされていてひどく敏感だ。

「なんで、狼族のいるこの土地に……越してきた？　実はおかしな目的でも、あるんじゃないのか？　もしそうなら……俺が阻止して……やるぜ」

歯を食い縛るようにして、唇から強気な言葉を押し出す。

「こんなになってても、まだ強がる。可愛いな」

シドが笑いながら、亨の屹立を指先で軽く弾く。そこはすでに固く張りつめ、頂点へと導く愛撫《あいぶ》を待って高熱を放っていた。

「っ……、可愛いとか……言うな」

シドは、期待に満ち満ちた亨の幹を握り、指の腹で鈴口をさすって悦楽の露を誘う。

「偶然だよ。越してきてすぐの頃、付近の町や村のところどころに狼の匂いが残っているのに気がついた。それで、人狼の里があることを知ったんだ」

「そ、そんなわかりやすい匂いを残すなんて……能力の……低いやつらだな」

亨の先端がヒクヒクと震え、あっという間に透明な露を滲ませていく。

「始業式の朝、その村の片桐という生徒がとても優秀だと先生方に聞かされた。廊下で会ったとき、それが亨だとひと目でわかったよ。だから、軽く目で挨拶した」

「あ……挨拶？」

あれを軽い挨拶というのだろうか。威嚇するような挑発するような、あれのおかげでずいぶんと悩まされたのに。

「ややこしいことして……なんで、さっさと正体……バラさなかったんだよ」

「バラしてもよかったんだけどね。チラ見せで隠しておくと、いちいち亨の反応が可愛くて楽しかったから」

「ふっ……ざけんな、あっ」

いきなり乳首を噛まれて、思わず胸を反らした。口の中に含んで甘噛みされると、こらえていた喘ぎが唇からこぼれ出た。

「正体っ……、な……なんだよ。み、見せろ」

「さあね。なんだと思う？」

シドは両の口角をあげ、ペロリと舌なめずりする。鈴口を可愛がっていた手が屹立を離れ、胸の先へと移動する。

「は……ぁっ」

片方の乳首を爪《つめ》の先でくすぐられ、もう片方を舌で舐《ねぶ》っては吸いあげられる。

異様に過敏になっていく感覚が、亨を悩ましく攻めたてた。尖り立つ胸先を歯で何度も扱かれると、全身が針の先でつつかれたようにピリピリして、それが下腹をひどく刺激する。愛撫を中断された勃起が、痛いほど張って淫《みだ》らな露を次々に溢れさせた。

もっと、もっと乳首をいじってほしい。でも放置された勃起も触ってほしい。せめぎあう官能に追いたてられて、半変化の耳が倒れて尻尾が知らずパタパタと振れた。

「あぁ……き……」

気持ち悦《い》い――。という言葉が唇から転がり出そうになる。亨は、喘ぎのとまらない口を慌てて掌で抑えた。

信じられないことに、乳首だけでもう射精してしまいそうだ。このままいかせてほしいと懇願したくなってしまう。

射精の欲求にたえながら胸元を見おろすと、巧妙にいじり倒される乳首が艶めかしいバラ色に熟していた。

乳首なんて他人に触られたことがないし、当然のことながら自分でだっていじくったことはない。男の乳首がこんなに感じるなんてあるはずない。これは絶対おかしい、……と思う。一方、頭の隅では「このままいったら高級そうな椅子を汚してしまう」なんてことを考えていたりして、亭の中は思考と官能と欲求が入り乱れて混乱中だ。

「あ……あんた……、俺にへんな術かけてるだろう」

「術？」

答えるシドが、亭の胸から顔を起こす。責め苦から乳首が解放されて、倒れていた耳がひょこっと起きた。官能が、ほんの少しだけ落ち着いた。

「催眠術……みたいな。始業式の日、他の生徒を追い出しただろ。佐野のときもだ。あいつ、理事長に報告するとかわめいてたのに」

みんな、シドのひと言で意のままだ。

「ああ……。催眠術かと言われれば、まあ似たようなものだろうな」

「違うのか？」

「持って生まれた能力だ。訓練したことはないが、いつの間にか身についていた。目を合わせて声をかけると、忘れさせたり思いこませたりできる」

「眼力……？」

「かもしれないな」

「じゃあ、シドの種族全員ができるわけじゃ」

「ない。俺だけだ」

言いきると、シドは人差し指で亨のみぞおちをツンとつつく。亨の屹立が反応してピクンと揺れた。

眼力だけじゃなく、きっと声にも人を操る力があると思う。この、低く響く囁きを聞くと、抗《あらが》う気力が失せてしまうのだから、絶対そうだ。

「それで、……その能力で俺のことも操ってるんだな」

「まさか。亨にはなにもしてないぞ？」

「とぼけんなよ。こんないかがわしいことされて……、俺があんたを投げ飛ばせないなんてありえない。抵抗するなとかなんとか言って、反撃を封じてるんだ」

「なんのために？　どうしてそんなことを言う必要が？」

「こっちが訊きたい」

「抵抗しないのは、亨の意思だ。俺が好きだろう？　だから投げ飛ばせない」

「ほ、ほら。またそうやって操ろうとしてる」

「操ってないよ」

シドは亨を見あげてクスクス笑う。胸元に唇を寄せ、舌を出して色づく乳首をペロリと舐めあげた。

肩がゾクリと粟立って、亨は思わず両手で肘掛けを握りしめた。

「う……っ、嘘つけ。男なのに、乳首がこんな気持ち悦いわけない」

「そんなにここが感じるのか。じゃあ、亨を操ってないと証明してみよう」

尖ったまま戻らない胸の先を、シドの指の腹がスリスリと擦る。

「男は乳首なんか気持ち悦くない。ほら、いやらしく触られて、どんどん気持ち悪くなってきた」

「ふ……ぅ……」

低くしっとりと響く甘い声が、ホワホワと頭の中で回る。

乳首をつまんでクリクリと揉まれて、こぼれる喘ぎが胸を大きく上下させた。爪でくすぐるようにしてひっかかれると、快感が下腹に落ちて熱を溜めた。

シドは、固く張った亨の幹を握りこんで言う。

「だから、こんなことをされても感じない」

「うぁ……はっ」

いきなり勃起を深く咥《くわ》えられて、反射で両足が跳ねた。顔を動かされると、幹の根元に溜まっていた熱が急速に沸騰していく。

「はあ……っ、んんっ」

きつく吸いあげられて、鮮烈な快感が稲妻《いなづま》みたいに体を走った。なにがどうなったんだか、頭で理解する前に勃起が暴発した。あっ、と気づけばすでに頂点越え。そんなばかなと思ったときには、シドの口の中で白液を放ってしまっていた。

「あ……ちょっ……あっ」

シドは、焦る亨にかまわず口腔《こうくう》の愛撫を続けていく。

鎮まる暇も与えられず、上顎と舌に包まれた屹立が絶妙な摩擦を施される。噴き出す透明な露と白濁が混ざり合い、シドの口からこぼれてお尻までぐっしょり濡らした。

シドは亨の両足を曲げ、踵《かかと》を椅子に乗せて膝を大きく両側に開かせた。それから滴り続ける液体を指に搦め、露わになった箇所をヌルヌルと撫でる。

「や……シド、……うぁっ」

襞《ひだ》を広げて窪《くぼ》みの中に指を挿入されて、驚いた亨は息がとまりそうになった。

あらぬ穴に触れられるだけでも動揺してしまうのに、そこに指が入ってくるとは想像もしていなかった。

でも、気持ち悪い感覚はほんの一瞬で、ヒリつくような微妙な痛みを感じたのもわずかの間。勃起を口で扱かれ、吸いあげられる先端から、淫猥《いんわい》な露がとめどなく溢れているのが自分でわかる。お腹の中でうごめく指に刺激され、終わったばかりの射精感がジワジワとよみがえった。

「んっ……あ」

抽送に内壁を擦られると、不可解な熱が一点に凝り固まっていく。そこが放電するみたいに痺れて、屹立までダイレクトに官能を伝える。一点をクリクリこねられて、腰が跳ねあがりそうになってたまらず身悶《みもだ》えた。

そんなところが気持ち悦いなんて信じがたいけど、体が熱をあげ、中を擦られるたび張りつめた屹立が痙攣するのは、快感以外のなにものでもない。

二本、三本と増やされる指に合わせて、亨の体内が開いていく。

亨の屹立から、シドの唇が濡れた音をたてて離れる。愛撫を失ったそこに冷えた空気がまとわりついて、温かな口の中にもう一度含んでほしいと思ってしまう。次に三本の指がゆっくり引き抜かれると、その箇所が落胆して、もっともっとと要求する内壁が焦れた。

「ここに、欲しいだろう？」

淫靡《いんび》に囁くシドの指先が、触ったか触らないかの微妙なタッチで亨の窪みをくすぐる。

もっとしてほしくて、亨は我を忘れて頷いた。

シドの瞳が金色の光彩を放つ。椅子に片膝を乗りあげ、亨を見おろしながら開襟シャツを脱ぎ、ズボンの前をくつろげた。すると、黒い髪の中から丸みを帯びた黒い耳が起きあがるようにして立ち、背後には鞭《むち》のように鋭くくねる艶々の尻尾がゆらりと出現した。

亨は潤んだ目を見開いた。

「黒……豹《ひょう》？」

思わず、視認したものの名詞を呟く。

無駄のない肉づきと、なだらかに引き締まった筋肉。しなやかで優雅な長い手足。環境に適応し、草原を駆け熱帯ジャングルを駆け、鋭い爪で木に登り、山肌をも駆け登る黒豹。凜と偕に似ているようで似ていないと感じたのは、彼がネコ科肉食獣だったからだ。

シドがリクライニングチェアの後方に手を伸ばし、亨の寄りかかる背もたれを倒す。

ふと、彼の肌から艶めかしい匂いが立ち昇った。それを鼻腔いっぱいに吸いこんだ亨の熱が、ウズウズと淫靡にうごめいた。

「シド……発情してる」

「ああ、亨に発情してる。早くおまえの中に入りたい。ぐちゃぐちゃにかき回して、死ぬほど感じさせてやりたい」

淫らに言う唇から、鋭い牙《きば》が覗いた。くつろげたズボンから、隆々とそそり勃つ抜き身を出して見せつける。固く張って艶を帯びた隆起は、さすがの亨も怯《おび》えてしまうくらい大きい。本性を解放したシドは獣全開だ。

「そんなもの、入るわけない……っ」

シドは仰向いた亨の体を反転させてうつ伏せにして、腰を高く引きあげる。

「簡単に入る。準備はしてやった。充分にな」

「ふぁ……ぁ……」

いきなり銀毛の尻尾をつかまれて、カクンと力が抜け落ちた。露わになったお尻にシドの隆起が突き当てられ、窪みの襞を分け入り、内壁を押し広げて奥へとズブズブ挿入されていく。

「う……嘘……あんな……大きいのが」

信じられない思いで漏らした言葉は、早くも喘ぎまじりだ。準備でほぐされたとはいっても、三本指の何倍も大きい圧迫感はそうとうなもの。だけど、その苦しさや無理やりねじこまれる異物感が気持ち悦くて、こぼれる喘ぎ声がうわずってしまう。

「どうだ、感じるだろう。半変化の状態の五感は過敏だ。人型のときよりも、完全変化のときよりも。特に快感が研ぎ澄まされる」

そうなのだ。五感を駆使して生き延びる獣と、不必要な感性を眠らせて進化してきた人間。その中間にある半変化の五感は、ある意味無トランス状態に近い。特に、性交時においては神経がむき出しとも言えるのだ。

「あ……はぁ……あ」

シドは亨の体内に己のすべてを埋め、ゆっくり引いてから律動を繰り出した。

甘美な異物の蹂躙《じゅうりん》を受けて、腰骨が砕けそうになる。重い抽送に体が翻弄されて、全身が硬直と弛緩《しかん》をくり返す。四つん這いに伏せた姿勢がリクライニングチェアからずり落ちそうで、亨は必死に背もたれにしがみついた。

「気持ち悦いだろう」

フワフワの耳毛に、熱い吐息が吹きかかる。尖った牙で耳の先を齧《かじ》られて、首筋の産毛がザワリと立った。

「セックスは初めてか？」

いかがわしい質問に、ヒクリと耳が反応して動いた。

誰とでも気安く抱き合うなんて気色が悪いのである。初めてに決まってるだろう！　と言いたいけれど、口が動かなくて声が言葉にならない。喘ぎすぎた喉が渇いて、焼けつきそうだ。

体内を往復するシドの熱塊が、亨の悦い一点を強く擦りあげる。幹の下に溜まる膨満感が、強烈な射精の欲求を促す。

貫かれて突きあげられて、苦しいほどの圧迫感が奥を叩く。やがて、今にもはちきれそうだった体が限界を破り、亨の鈴口から二度目の欲熱が飛び散った。

シドの発情の気配が強く香る。

「このまま、亨の中でいくぞ」

いきなりフィニッシュに向かう速いストロークを開始されて、終わるはずの亨の体が身悶えた。

「や……あ……あぁ。あ……っ」

挿入したままで体内にシドの精液が放たれる。そう思うと、快感の残滓《ざんし》が妖しくうごめいた。

勃起が鎮まりはじめても、官能の波は引かない。激しいストロークを繰り出されるお腹の中が、シドの熱塊でかき乱された。

「いやあ、俺ってリズム音痴でさぁ」

大川が、コーラを飲みながら背中を丸めて言う。

「やっだ～、それでなんでカラオケきてんのよ～」

アルコールも入ってないのに、女の子たちがキャラキャラと酔ったようなけたたましい笑い声をあげた。

本気でばかにしてるのか、笑いのネタとしてウケてくれているのかよくわからない。その中で、メガネ女子の希美恵《きみえ》が大川の背中をパンと叩《たた》いておおらかに言った。

「楽しければオッケーさ。堂々と歌っちゃえばそれも個性よ」

なかなかいい子である。

「よしっ、俺がタンバリンやるから大川は希美恵ちゃんとももクロ歌え！」

亨はタンバリンを握って勢いよく立ちあがる。テンションをあげた大川と希美恵は並んでマイクを持ち、あやふやな振りつけ入りで歌い出した。

土曜の午後。亨は英語の勉強を日曜日に変更して、仲間たちのカラオケにつき合っているのである。男子六人、女子五人。娯楽施設の少ない田舎町で、高校生でも利用できる唯一のカラオケハウスだ。

「片桐くん、今日はきてくれて嬉《うれ》しいな」

一曲終わって席に戻ると、大人びた美人系の翔子《しょうこ》が亨の隣に移動してきた。

「こないだのときは片桐くんいなかったから、寂しかったんだよ」

鼻にかかる甘え声を出し、体を傾けて肩に頭を乗せてくる。前に一度会ったけど、あまりいい印象のなかった子だ。

「あ〜、ごめん。一緒にカラオケやったこと、あったっけ？」

亨は憶《おぼ》えてないふりで眼中にないことを示唆し、さり気なくウーロン茶に手を伸ばして翔子の頭を払った。

「一緒に歌ったじゃない。忘れちゃったの？」

翔子の目尻《めじり》が一瞬吊《つ》りあがった。前回もそうだったのだが、彼女は亨のことを気に入っているようで、やたらと体をくっつけてくる。他の男子にはほとんど無視同然で、亨にだけ話しかけてくるのだ。

「そうだっけ。俺、途中で帰っちゃったから、あんま憶えてないな」

「今日は最後までいるんでしょ。片桐くん、大きいバイク乗ってんのね」

「中型だよ。カワサキのニンジャ」

「ふうん？」

翔子は、可愛《かわい》らしい仕種《しぐさ》で首を傾《かし》げてみせる。しかし、生返事。バイクの話題を振っておきながら、興味もなにもないのである。

「他の人がみんな地味なスクーターだから、すごく目立ってた。バイクから降りるとこなんか、かっこよかったよ」

「そんな派手かな、俺のバイク」

亭は、ちょっと嫌な顔を作って翔子に向ける。

「やだ、そういう意味じゃなくてさ」

翔子は言いなおそうと慌てるけれど、他を落として一人だけ持ちあげる喋《しゃべ》りは、聞き苦しくて好まない亭なのだ。

「片桐くんの後ろに乗りたいな。今度ツーリングに連れてって？」

「あ、悪いけど。事故ったときが怖いから、後ろは誰《だれ》も乗せないことにしてるんだ」

「じゃあ買い物につき合って」

「俺、センスないし」

なんで好きでもない女の子と話なんかしてるんだろうかと、ゲンナリして思う。亭は上の空で答えながら、ウーロン茶を飲み干した。

前回の誘いを断ったので、約束どおり埋め合わせしているのだが、はっきり言ってつまらない。たいてい途中で抜けることの多いカラオケだけど、いつもはそれなりに盛りあげ役を楽しんではいた。でも今日は、時間がもったいなく思えて、ひどく損しているような気分になる。優先したいことが、他にあるのだ。

急なカラオケ決定で予定変更しなければ、今頃はシドの家にいる時間だった。生意気で可愛い双子と、あーでもないこーでもないと言い合いながら英語の勉強をしてるほうが何倍も有意義だと思ってしまう。

シドのいる家で、三人でお茶を飲んで、他愛《たあい》のないことで笑い合い……。

そしてシドと――。

彼とあんなことになって、気持ちが囚《とら》われっぱなしだ。

シドがどんな種の獣なのか、どうしていかがわしいことをしかけてきたのか、知りたくて気になってどうしようもなかった。知った今は、違う意味で彼のことが気になってしかたない。学校でシドを見かけるとつい視線で追ってしまうし、休み時間に廊下でばったり出会って話しかけられたりすると、安心するような嬉しいような。そんなおかしな感覚が日に日に増していく。

凜は、『体から入る恋もある』なんて言っていたけれど――。

男とそういうことになるなんて、想像しただけで気色悪い。だけどシドと最後までやれてしまって、それでも嫌悪感がないのは、つまり、特別な存在という意味で彼を好になっているからだろうか。

兄たちが早くから跡目放棄を宣言していて、頭領家を継いで村を統率するのは自分なのだと自負してきた。頭領に相応《ふさわ》しい力をつけることに夢中で恋愛なんかしたことがないからよくわからないけど、本当に体から入る恋愛もありなのだろうか。

「ねえ、片桐くん。次、一緒に歌おうよ」

寄りかかってきた翔子の声で、没頭していた思考から意識が引き戻された。

ふと気づくと、彼女の体が発情の匂《にお》いを発していて、亨の両腕に嫌悪の鳥肌がたった。

今、唐突にひとつだけ確信した。抱き合う相手は男でも女でも気色悪い。嫌悪を感じないのは、シド限定だ。

「あー、くそ」

この短時間で何回シドの名前を唱えたことか。あの忌々しい顔を何度思い浮かべたことか。もう、うんざりするほど頭の中がシドでいっぱいだ。

「こんなイジイジしてるのは、俺らしくない！」

「なに？」

亨は、寄りかかる翔子を振り払って立ちあがった。

「用事があるから先に帰る」

「ええっ?」

「か、片桐くん……」

「悪いな。また今度」

革ジャンに袖《そで》を通しながら廊下に出ると、受付カウンターの手前でちょうどトイレから戻った大川と出くわした。

「あれ、片桐? もう帰るの?」

「ああ、ちょっと急ぎの用事があるんだ」

「まだ一時間も経ってないのに……」

大川は、言いながら心細そうな顔を向ける。

「片桐がいないと、盛り下がっちゃうんだよな。この前も、翔子ちゃんが不機嫌でみんなしらけちゃって、早々にお開きになっちゃったし」

「ああ、あの子か……。でも今日は大丈夫だよ。おまえと希美恵ちゃん、相性よさそうだろ。脈ありな感じだぞ」

「あ、やっぱそう思う? 俺もなんかそんな気がしてたんだ」

大川は、満面の笑みを浮かべながらもほっぺたを染めて頭をかいた。

「うん、今度こそうまくいくよ。また翔子が不機嫌になったら、先に帰ってもらえばいいさ。希美恵ちゃん明るいし、彼女と二人で盛りあげていけ」

「うっす、頑張る！　じゃ、気をつけて帰れよ」

「おお、じゃーな」

亨はバイバイの手を振り、大股《おおまた》で三歩進んだところでハタと大川のほうを振り返った。

「忘れてた。俺の精算、立て替えといて」

早口で言うと、返事を待たずに店を出てバイクにまたがった。

行き先は当然、バウンティ宅だ。


白樺の木漏れ日が揺れるログハウスは、見ただけで気分が和らぐ。

ポーチにあがって呼び鈴を押すと、窓から来訪者を確認したカナデとカリナが飛び出してきた。

「亨ちゃん、いらっしゃい！」

「お勉強会は明日じゃなかったっけ？」

「用事が早く終わったから、カナデとカリナの顔を見に寄ったんだ」

そう言ってやると、双子は嬉しそうにまとわりついてきた。

亨が革ジャンを脱ぐとカリナが受け取り、カナデがハンガーにかける。

この子たちに出迎えてもらうと、訪問するというより帰ってきたという感じがするのが不思議だ。

「お茶、淹《い》れるわね」

「お菓子を出すよ。クッキーとスコーン、どっちがいい？」

「両方」

「言うと思った」

二人は声を揃《そろ》えて言い、パタパタとキッチンに走った。

「子供たち、はしゃいでるな」

「シドは？　俺が突然きて、嬉しくない？」

くつろいだ服装のシドが長い手を伸ばし、ヘルメットで乱れた亨の前髪を梳《す》きあげる。

亨は長身のシドを見あげ、目元を細めた。

「あんたに会いたいから……きたんだ」

吹き抜けから射す光彩を浴びるシドの笑顔が、やけに眩《まぶ》しく見えた。


汗ばんだ手がシーツをきつく握りしめる。

激しく腰を突きあげられて、四つん這《ば》いの膝《ひざ》が震えた。

「あっ、あ……あぁ！」

シドの繰り出す熱塊の摩擦を受けて、快感が信じられないほど昂《たか》ぶっていく。頂点へと昇りつめ、膨張した屹立《きつりつ》が痙攣《けいれん》しながら熱い白濁を放った。

律動がストロークを緩め、ゆっくりと運動を終える。

体内からシドの勃起《ぼっき》が引き抜かれると、姿勢を保っていられなくなった体が乱れたシーツにヘニャリと伏せた。

「前より慣れたな。体が柔軟だ」

「はあ……こ、腰が……ダルい……」

少しは慣れたのだろうけど、口の中が乾いて舌がうまく回らない。百メートルを全力疾走したみたいに呼吸が乱れて、体中のあちこちがカクカクする。まるで節々のネジが外れかけてるみたいだ。

「このまま休むか？　飲み物を持ってきてやろう」

背中に口づけられて、亨は充足の吐息を吐き出した。

「大丈夫。起きれるから」

汚れた局部を丁重に拭《ふ》いてもらい、さらに手伝われて服を着ると、なんだか事後の女になったみたいで恥ずかしい。

「抱っこで下に連れていってやるぞ？　お姫様みたいに」

背後から抱きすくめられた。

「いーから、ほっとけ。女扱いすんなよ」

また強がってしまう。しかし、やっぱり反抗は口だけ。頬《ほお》は赤く、抱く腕を振り払おうとはしない。

一階に下りると、カナデとカリナはリビングの床にミニ人体模型やら遺伝子模型やらを広げて遊んでいた。

「マニアックなおもちゃだな」

「アイスティーを作るが、おまえたちも飲むか？」

「はーい、飲みます」

子供たちは急いでおもちゃを片づけると、キッチンに駆けこんできてアイスティー作りを手伝う。シドはストレート、亭は双子と同じミルクたっぷりのまろやかティー。勢いよく飲み干して、やっとひと息ついた。

「亭ちゃん、明日もくるでしょ？」

「もちろん。みっちり勉強しなきゃ」

「来週はどうしようか」

「来週？」

「ああ、東京の学会に招待されたんで、金曜の夕方からいってくる。帰りは日曜の夕方くらいになると思う」

「へええ」

田舎の校医なのに学会に招かれるなんて、やっぱりすごい。亭は感心しながら、首をちょっと傾げた。

「じゃあ、子供たちは？」

「お留守番だよ。カリナちゃんと二人で」

「え、子供だけで留守番なんて危ないだろ」

「大丈夫よ。ロスではお泊りのお留守番はしょっちゅうだったもの」

「家政婦さんがご飯作りにきてくれるしね」

「や、でも二泊だろ。物騒なことはめったにないとは思うけど、戸締まりとか火の始末とか、心配じゃないのか？　シド」

「二泊も留守番させるのは初めてなんだが、ここではナニーがみつからないし」

シドは子供たちに視線を移し、顔を曇らせてため息をついた。

「事情はわかるけど……急に熱が出たりとか、怪我《けが》したりしたらどうするんだよ」

「そしたら、タクシーを呼んで病院にいくよ」

「二人でいれば、なんでもできるわ」

あまりにも健気《けなげ》で、亨は思わずホロリとしてしまう。いくら天才でも、まだ七歳。頭脳だけ発達していたって、経験の少ない子供に変わりはないのだ。

「じゃあ、うちで預かる」

「え。亨ちゃんのおうち？」

「二人だけで留守番なんて、聞いちゃったら放っとくわけにはいかないじゃないか。俺んとこならいつでも大人の目が届くから、なにかと安心だろ。ヤモリも住んでる古い家だけど部屋はいっぱい空いてるし、風呂《ふろ》は温泉だぞ」

「温泉っ？」

「ヤモリ？」

双子がパッと目を輝かせる。

シドは手を伸ばし、人差し指で亨の首筋をスルリと撫《な》でた。

「ほう、だから亨の肌はスベスベなのか」

「う……」

色事の余韻がぶり返しそうになって、亨は子供たちの前だというのに思わず赤面してしまった。

「う、裏山までうちの庭で、水遊びできる川もある。臼《うす》と杵《きね》があるから餅《もち》つき大会もできちゃうぞ？　たまには子供らしく外で遊ぼう。カナデ、カリナ、うちに泊まりにこいよ」

勧誘すると、双子は期待の目をシドに向けて「いい？」とお伺いをたてる。

「しかし、ご家族の許可をもらわないと」

「あ、ちょっと待って」

亨はすぐさま携帯を出して家に電話する。母の比沙子に事情を説明して通話を切ると、オーケーサインを突き出した。

「母さん、喜んでた。子供好きなんだ。ご飯は洋食がいいかしら、だって」

「そうか……。それなら、お願いするか」

「金曜日、学校が終わったらそのまま迎えに寄るよ」

お泊りが決定して、カナデとカリナが手を叩いて歓声をあげた。

「プチ旅行みたい。なにを持っていったらいいかしら」

「パジャマと着替えと。外で遊ぶのに必要なものってなんだろう」

「虫捕り網と魚捕り網なら、うちにある」

「うわあ」

双子はキャビネットへ走ると図鑑を引っ張り出して、この季節に捕まえられる虫や魚を調べはじめた。楽しみにしてくれているようで、亨も嬉しい。提案したかいがあるというものだ。

「亨に礼をしなきゃな。なにか欲しいものはあるか？」

「いや、礼されるほどのことじゃ……。特には……そうだ、見たい映画があるんだ」

「映画だけ？」

「終了が迫ってて、もう一日一回の夕方上映しかやってないんだよ。映画館がちょっと遠いから、行きそびれそうでさ」

「欲がないな。じゃあ、映画と食事を奢《おご》ろう。今からでも上映に間に合うかな」

「えっ、今から？　上映は……、確か六時くらいだったけど」

「充分だな。帰りはそのまま車で送るから、遅くなると家に連絡を入れておきなさい」

「すてき。初デートね」

「ええ？　た、ただの礼だよ」

「恥ずかしがらなくてもいいのよ。亨ちゃんはシドのこと好きでしょ？」

「シドも、亨ちゃんが好きだよ。ね？」

カリナとカナデがおしゃまに口を挟んできて、亨はまたも赤面してしまう。シドは悠々とした動作で微笑《ほほえ》んだ。

「ああ、大好きだよ」

双子はこの場合の好きの意味をわかって言ってるのだろうかと、焦ってしまうけど。

「オープンにしていいよ。ロスでは同性のカップルはけっこういるから」

「お友達のアンとスカーレットは、とても仲のいい夫婦よ」

ちゃんとわかっているようだ。

「ディックとマークはケンカがたえないけど、深く愛し合ってるし」

「コリンとヨハンは大学生だからまだ恋人同士だけど、婚約式に立ち会った。すてきだったわ」

「ど、同性婚か……先進的だな……」

ロス育ちの天才双子は、やはりそのへんの子供より何十歩も進んでいるのであった。

　バイクは学校帰りに取りに寄るということでガレージに保管してもらい、戸締まりなどを確認して準備万端。

「家政婦さんがきたら、食事は二人分だけ作ってもらって。帰りは遅くなるから、先に寝てなさい」

　外出のしたくを終えたシドが、子供たちに留守番の指示を出し、ポーチで二人に見送られて車に乗りこんだ。

　高級外車だと思っていたけれど、意外にも日本で販売している国産車。とはいえグレードはやはり高級で、新幹線みたいな乗り心地である。

　助手席に座ってシートベルトを装着すると、運転するシドの横顔をチラチラ盗み見てしまう。堂々と見ればいいものだが、初デートという言葉が脳内で巡って、なんだか照れ臭くてへんに意識してしまうのだ。

　一番近い映画館だと、大川たちがカラオケから流れてくる可能性がある。ばったり出くわすとバツが悪いので、そこより少し遠くの複合型ショッピングセンターまで一時間以上かけて行くことにした。あくまでも複合型であって大型ではないのだが、スーパーと衣料専門店、ドラッグストアや電器店などが並ぶ。周囲には集客を見こんだ人気チェーンのレストランも数軒あって、田舎暮らしを潤わせてくれる便利な施設だ。

上映五分前に到着した映画館はガラガラで、六十席ていどのホームシアターみたいな館内は貸し切り状態。狭い座席に座ったシドが、窮屈そうに足を組む。ほどなくして灯《あか》りが落ちると、ほの明るく浮かびあがる端整な横顔に見惚《みと》れてしまった。

はじまった映画は、しょっぱなから銃撃戦、そしてやたらと爆発と火の手があがる派手なクライムアクションだ。美人女優も出演して華を添えているのに、ストーリーが進んでも恋愛要素はゼロの男臭い展開。それなのに、シドに横目が向いてばかりで、なんだかラブストーリーでも見ているような甘い気分になっていく。

せっかく連れてきてもらったのになにを見てるんだと思うけど、傾く気持ちが抑えられないのである。

亨は、肘《ひじ》でシドの腕をつついて体を寄せた。ほんのりと温かな体温を感じて、即物的な欲求とは違う恋慕の情がしみじみ湧《わ》いた。

やっぱり自分は彼を好きになっているのだと、確信せざるをえない。

カーチェイスのクラッシュ音に紛れながら、耳のそばで囁《ささや》いてみた。

「俺のこと……好きなのか？」

「好きだよ。愛してる」

甘い即答が耳に返ってきた。亨の胸いっぱいに、シドの言葉が満ちた。

「俺も、好きだよ。まだ同性婚まではいかないけど」

照れ隠しで、つまらない冗談を付け足してしまった。だけど、この気持ちは本物だ。

操られても、思いこまされてもいない。

彼の言葉のひとつひとつに惹《ひ》きつけられる。触れられる快感。子供たちと四人ですごすささやかな幸せ。この愛《いと》しい想いのすべてが、自分の中から湧いてくる感情だ。

シドの手に、指先でそっと触れてみた。

ふわりと握り返されて、胸がワルツのステップを踏むように緩やかに躍った。

恋愛なんて、興味がなかった。いつか長老会で選ばれた相手と結婚して、両親みたいに安定した家庭を築くのだろうなと考えていた。それはすごく遠い将来であって、他人事みたいな漠然とした感覚だった。

だけど、そんな未来図は消え失せた。

頭領家を継承し、狼《おおかみ》族を率いる役目は、当たり前のこととして自ら選んだ道だ。それが今、兄たちに続いて自分まで男と恋をしてしまって、跡目の問題をどう解決すべきかと先のことまで悩みが広がってしまう。

でも、他の誰《だれ》かと恋をするなんてもうありえない。役目のための結婚なんて考えたくもない。

シドがいて、カナデとカリナのいる愛《いと》しい時間は、一族を捨ててでも手放すことのできない大切なものとなった。好きだと認めてしまったら、心は単純一直線だ。この想いは、なにがあっても貫きたいと思う。

「ずっと……シドのそばにいる」

訴える声が、意識せず甘く掠《かす》れる。

シドは、繋《つな》がる亨の手をきつく握りしめた。

学校からバウンティ宅まで、亨の健脚なら一時間足らず。

約束どおり迎えにいくと……、よほど楽しみにしていたのだろう。双子は麦藁《むぎわら》帽子をかぶり、着替えをつめたリュックをしょって待機していた。

外で遊び倒すつもりで選んだと思える服装は、ラフなアメリカンスタイル。でも身についたものなのか、どことなくヨーロッパ調な雰囲気が漂っていてやっぱりどこから見ても優雅なお子様だ。シドもそうだけど、これはやはり育ちよりもヨーロッパ貴族の血筋が色濃く出ているのに違いない。

電車を乗り継ぎ、バスは夕方の最終便をすぎてしまったので、最寄り駅からは豪勢にタクシーを呼んで、全二時間。

片桐家に到着すると、玄関でお行儀よく並んで立つ双子は、「つまらないものですが。お世話になります」とお辞儀《じぎ》をしながら手土産《みやげ》の菓子折りを差し出した。

出迎えた母、比沙子は「これはご丁寧に、ありがとうございます」と頭を下げて受け取る。そしてあげた顔は、今にも崩壊しそうな満面の笑みだった。

「お腹空いてる？　お夕飯、できてるのよ。こっちこっち」

右にカナデ、左にカリナ。手を繋いでいそいそと案内する。

茶の間に用意された食卓を見て、双子は感嘆の声をあげた。

亭も、いつになくバラエティに富んだメニューにアングリしてしまった。基本はご飯に味噌《みそ》汁、煮物に菜物、焼き魚。その他に子供向けのグラタンと唐揚と、旗を刺したハンバーグと、可愛く盛りつけたフルーツまで並んでいて、座卓の上はまるでお祭り騒ぎだ。

「すげえな」

「ちょっと、うかれて作りすぎちゃった」

「わ〜、美味《おい》しそう」

「おばちゃま、お料理じょうずなのね」

「ああっ、おばちゃま」

比沙子の顔がデレりと崩れた。可愛らしい『おばちゃま』発言にど真ん中を射抜かれたようだ。

「やあ、きたね。いらっしゃい」

父、史彦と、すぐ後ろに続いて着流し姿の祖父《そふ》、片桐老が茶の間に現れた。

すかさず双子はちょこんと正座して、畳に手をつき頭を下げる。どこで覚えたのか、少しぎこちないけれど立派な日本式の挨拶《あいさつ》だ。

「カナデです」

「カリナです」

顔をあげると寸分のズレもなく、「よろしくお願いします」と愛らしい声を揃える。

「しっかりした挨拶ができて、偉いな。僕は、亨のお父さんです。よろしく」

「うむ、くつろいでいきなさい」

それぞれが席に着くと、片桐老は双子の顔を右から左へと見比べる。

「苗字は、なんといったかな」

「バウンティです」

双子は、比沙子に取り分けてもらったグラタンと煮物を食べながらハキハキ答える。

「そうか……」

片桐老は、口ひげについた味噌汁を和紙で拭きながら、なにか気にかけるような表情で視線を浮遊させた。

「おじちゃまは、お仕事なにをしているの?」

「村長さんだよ」

「偉い人なのね」

「そんな偉くないんだ。学級委員長みたいなものだよ」

「ガッキュウインチョウ?」

小学校に通っていない双子に、学級委員長なんて単語は通じない。二人がホームスクーリングで大学を目指しているとは、まだ家族には教えてはいないのだった。

「日本の古い家って、ほんとに木と紙でできてるんだね」

「驚いたわね。風で飛んでいかないのかしら」

目を丸くして襖《ふすま》続きの宴室や台所を眺める双子に、天才の片鱗《へんりん》は見えない。こうしてはしゃいでいる姿は、普通にしっかり者の無邪気な子供だ。

「百年も前に建てられた家だからね、とても頑丈にできているんだ。嵐《あらし》がきたって、飛んでいったりはしないよ」

「強風の晩はガタガタうるさいけどな」

「うちのお風呂は広いのよ。ご飯食べたらおばちゃまと一緒に入ろ?」

比沙子に誘われて、カリナはちょっと恥ずかしそうに頷《うなず》く。アメリカの風呂では他人と一緒に入る習慣がないからだろう。さすがにカナデは、「僕はちょっと……」と言いにくそうに辞退した。

「じゃあ、おじちゃんと入ろうか。温泉で泳いでもいいよ。カナデくんに背中を流してもらいたいな」

温泉に興味津々のカナデは、遠慮がちではあるけれど、今度は「はい」と答えた。

面倒見のいい史彦は、おおらかな笑顔で話しかける。子供好きの比沙子などは、息子二人が家を出ているので寂しかったのだろう。双子と一緒になってはしゃぎっぱなし。片桐老も、『片桐のおじいちゃま』などとモダンな呼びかたをされて、ちょっと苦笑いしながらもまんざらでもないようすだ。

久々に賑《にぎ》やかな夕餉《ゆうげ》を終えて、温泉に満足した双子はアイスを食べて歯を磨き、二階の客間で健やかな眠りについた。

明日はなにをして遊ばせてやろうかと、亨は双子が喜びそうなプランを自分もワクワクして考える。風呂あがりの濡《ぬ》れた髪をタオルでガシガシ拭きながら二階にあがり、挙動不審な両親の後ろ姿を見て首を傾げた。

カナデとカリナの眠っている客間の前で、二人して襖をほんの少し開いて中を覗《のぞ》いているようだ。五感を研ぎ澄ましてなにかを探ろうとしているのか、無防備にも耳と尻尾《しっぽ》が出現してしまっている。

亨は両親の背後にそっと歩み寄る。

「なにしてんだ?」

小声で声をかけた。

史彦がドキリと肩を揺らして襖を閉め、比沙子はぴょんと飛びあがって振り向いた。

「耳と尻尾が出てるけど」

亨が両親の獣耳に訝《いぶか》しげな視線を注ぐと、二人は慌てて耳を押さえる。

「あ、あらやだ」

「うっかりしたな、はは……」

夢中になって覗き見るあまり、五感を研ぎ澄ましすぎてついうっかり耳と尻尾が出てしまったことに、気づいていなかったらしい。

「双子がなにか？」

「え……いえ、なにも。あ、眠れてるかなって思って」

「まあ気にするな」

ワタワタと言い訳しながら、史彦と比沙子は階段を下りていった。

「…………」

気にするなと言われても、不審すぎて気になる。どこからどう見ても、眠れているか心配してようすを見ていたという感じではないのだ。

片桐老も、双子の苗字を聞いてなにか考えているふうだった。

知能の高い双子は、獣の匂いや気配をうまく潜めている。亨にはほとんど感知できないほどに。

それでも両親と祖父には、なにか感じるものがあるのだろうか。熟練した彼らは、わずかに発する異質な気配に気づいているのかもしれない。

双子が人獣だと、先に言っておこうか。亭は少し考えて、首を横に振った。

これはシドの口から告げることだ。彼がなにも言わないのなら、今は黙って人間の子としてこのプチ旅行気分を楽しませてやりたい。

他種族だと知れば、きっと祖父は長老会に報告する。そうなれば、頭の固い年寄りたちはテリトリーに入りこんだバウンティ家を警戒すると思う。

真っ向から話し合って理解を求めるか、人獣だということを伏せておくか、決めるのはシドだ。

「あっという間の二泊だったね」

「まだ帰りたくないわねえ」

村の畑道を歩きながら、カナデとカリナがしみじみ言う。

お泊り二日目の昨日はみんなで餅つきをして、もちろん昼食は餅三昧。裏山を歩き回って虫を捕まえて、観察しては逃がし、それから庭に引いた小川で水遊びをして冷たさに声をあげてはしゃいだり、とにかく遊び倒して陽が暮れた。

今日は夕方までにはシドが迎えにくるので、名残りを惜しんで村を散歩しているのだ。

中心地に出ると、そこは商店や郵便局や役場の並ぶメインストリート。と言っても半自給自足の村なので、とりあえず生活に困らないていどの必需品を扱う簡易な店が数軒あるだけだが。

「あ、タシロスイーツだわ」

カリナが洋菓子店の看板を見あげて嬉しそうに言った。

「前にもらったゼリーのお店だよね」

村で唯一の洒落《しゃれ》たケーキ屋だ。田代《たしろ》家の長男の嫁さんが五年前に趣味で始めた工房で、パフェやコーヒーを出すささやかな喫茶コーナーもある。小さな店だけれど評判がよく、今では隣町のスーパーにも商品を卸している人気店なのだ。

「あのゼリー、気に入った？」

「うん。特にカリナちゃんがお気に入り」

「すごく美味しかったもの」

「じゃあ、ちょっと寄ってみようか。おやつを買って帰ろう」

「わお、やったねカリナちゃん」

「またゼリーが食べたい」

連れ立って店内に入ると、じっくり選んでお気に入りのフルーツゼリーと手作りジャムを載せたタルトを買う。いそいそと帰る途中、空き地で遊んでいる子供たちを見て双子が足をとめた。

「あれ、なんの遊び？」

「缶ケリだな」

遊びかたを説明してやると、二人はものめずらしそうな目で走り回る子供たちの動きを追う。年齢は、だいたい五歳から十歳くらいの男女。

「あ、片桐さんちのお兄さん」

見られているのに気づいた八歳くらいの女の子が駆け寄ってきた。

「亭ちゃんの知ってる子？」

「ん〜、知らないなあ」

頭領家の息子の顔は村中で知られているけど、亭のほうは村人全員の顔と名前を覚えてはいないのである。

「わああ、外人。すごーい、きれいな髪の毛ぇ。目が青色ぉ」

女の子の関心は亭じゃなく、見慣れない外国人のカリナとカナデのほうなのだ。特にカリナの金髪に心惹かれているらしい。

もう一人、七歳くらいの男の子が駆け寄ってきた。その目がカリナに張りついて、ほっぺたがどんどん紅潮していく。

「おまえら、名前なんていうの？」

「人に名前を訊《たず》ねるときは、自分から先に名乗るのが礼儀よ」

カリナは両手を腰にあて、高飛車に言い放つ。なんとなくそうじゃないかとは思っていたけど、女王様タイプである。

「オレは、ここ、コウタだ」

「ふぅん。私はカリナよ」

「カカ、カ、カリナ。学校、どこ？　な、何年生？」

緊張してどもりながら言うコウタの挙動がソワソワして、耳まで真っ赤。どうやら可愛いカリナに一目惚れのようだ。それに気づいたカナデが、クスクス笑ってコウタとカリナを見比べる。

「学校なんか行ってないわ。あなたこそ、何歳なの」

「な、七歳だ」

「そう、同じね」

今にも頭から湯気が噴き出しそうなコウタは、口をパクパクさせる。なにが言いたいのかと待っていると。

「お、同じかよ。二年生だな。じゃあ、学校はオレんとこくるなよ。同じクラスになったら、机にカエル入れるからな」

好きな子をいじめてしまう男の子のサガだった。言うだけ言うと駆け出していってすぐ足をとめ、今にも破裂しそうな真っ赤な顔を振り向ける。

「大加賀《おおかが》小学校だぞ！　絶対くるなよ！」

叫んでまた駆け出した。

いやいや、小学校に入っても通学区が違うし、同じクラスにはなれないよ——と亨は心の中でコウタに言ってやり、微笑ましくも苦笑いしてしまう。

「なによ、へんなやつ。真っ赤になっちゃって、頭おかしいんじゃないの？」

「カリナちゃんたら……」

　カナデはおかしくてしょうがないといったふうで、手で口を押さえながらもクスクスと漏れる笑いがとまらない。

　気ままに散策しながら家に帰り、昼ご飯を食べたあとは、デザートにお気に入りのフルーツゼリー。史彦が納戸から子供用の釣竿《つりざお》を引っ張り出してきて、川で釣りをしてみようということになった。三兄弟が子供の頃に使っていた古い釣竿だ。

　庭で準備をしていると、片桐老が縁側でじっと子供たちを見ている。

「片桐のおじいちゃまは、一緒にいかないの？」

「わしは昼寝でもしておる。たくさん遊んできなさい」

　穏やかに言って立ちあがり、着物の裾をパンとはたく。

　目的地は、歩いて五分足らず。本流から枝分かれしたひとつで、流れの緩やかな、子供が遊ぶには最適の川辺だ。

「子供と一緒に遊ぶなんて、久しぶりねえ」

「息子たちも大きくなって、めっきり釣りもしなくなったからな」

史彦と比沙子が、感慨深げに語り合う。亨が小学生くらいまでは、家族で連れ立ってよく川遊びしたものだった。本当に、釣竿とバケツを持って裏山を歩くなんて、何年ぶりだろう。

カナデが初めて釣れた魚に感動の声をあげ、カリナも負けじと釣竿を振る。

亨は、晴れ渡った午後の空を仰いだ。

シドは、今どのあたりだろうか。なるべく早い便に乗ると言っていたから、きっとこっちに向かって車を運転している頃。飛行機で飛ぶ距離よりも、空港からここまでのほうが時間のかかる長旅だ。

早くシドに会いたい。子供たちがこのプチ旅行気分をどれだけ楽しんでいるか、いかに活き活きと遊び倒したか、報告してやりたい。

目を子供たちに戻すと、カリナが一人で川べりをトコトコ移動しながら水面を覗きこんでいる。史彦は針に新しいエサをつけかえているところで、比沙子とカナデは釣れた魚の大きさを選別中。食べられる大きさを残して、小さいものは川に戻すのである。

そろそろ帰ろうかと声をかけようとして、亨は「あっ」と口を開いた。

川べりを歩くカリナの体がグラリと傾いたのだ。そのまま足元がすべって、「危ない！」と思ったときには水しぶきをあげて落ちてしまった。

一瞬の悲鳴が水に呑《の》みこまれ、バシャバシャと手足をもがかせる。深さはせいぜい子供の胸くらいだが、北の大地の川はまだまだ冷たい。溺《おぼ》れるというよりも、冷水のショックでパニックになっているのだろう。

助けようと慌てる両親を押しのけて、亨は服も靴も着けたまま飛びこんだ。

「カリナ！　大丈夫だから落ち着いて」

抱きあげようと手を伸ばす。

届いたと思った瞬間。カリナの体がふにゃりと小さくなって、服だけがゆらゆらと川下に流れていった。

腕の中にカリナを抱きとめた亨は、愕然《がくぜん》とした。全身ズブ濡れで震える幼い獣。青い瞳《ひとみ》に銀色の被毛《ひもう》の……狼だ。

史彦と比沙子が呆然《ぼうぜん》と立ちつくしている。彼らの驚きは、カリナが人獣だったことなんかじゃない。その表情の裏に、亨の知らないなにかが隠されているのだろうことが明らかに読み取れた。

冷たい川からあがると、比沙子が春物カーディガンを脱いでカリナを包む。

「かわいそうに、冷たかったでしょ。寒いよね。早くお風呂に入ってあったまろうね」

体温を分け与えるようにして抱きしめ、我が家へと急ぐ。

「やっぱり……そうだったのか」

呆然としたままあとについて歩く史彦が、ため息に似た声を漏らした。

亨は、客間を覗いていた昨夜の両親と、しきりになにかを気にしていた祖父のようすを思い出した。

父親がシドと同じ黒豹《ひょう》で、日本人の母親は人間なのだと思っていた。だから双子も黒豹だと思っていたのに。ということは、母親はこの里の出身。『やっぱり……』とは、なにがやっぱりなのだろう。亨の心臓が、不穏な鼓動を刻んだ。

「カナデも、狼なのか？」

呟《つぶや》くような声で訊《き》くと、カナデは俯《うつむ》いて小さく首を横に振った。


風呂で温まってようやくもとの姿に戻ったカリナは、なにも言わず縁側に座って庭を眺めていた。

庭に下りたカナデは草を摘《つ》み、覚えたばかりの草笛を吹く。途切れ途切れの細い音が、夕刻の迫る空にもの哀しく消えていった。

「おやつ、食べようか」

カリナの濡れた金髪を拭いてやりながら、比沙子が優しく言う。頷くカリナが、大人びた表情で微笑んだ。

双子が縁側に並んでおやつを食べはじめると、比沙子は亨と史彦の間に座布団を持ってきて、神妙な顔で座った。

片桐老は着流しの袖の中で腕を組み、苦虫を噛《か》み潰《つぶ》したような、どこか苦渋の漂う目で双子の後ろ姿を見つめていた。

賢いカナデとカリナは、母親の出自を知っていたのだろう。知っていて、この片桐家にやってきた。

なにも知らないのは、亨だけだ。

「じーちゃん。父さん、母さん。どういうことだ？　みんな、あの子たちが人獣だってわかってたのか？」

亨は声を潜めることなく、はっきりした言葉で問いつめる。

片桐老と史彦は顔を見合わせ、比沙子が口を開いた。

「あの子たち、うちの血縁よ」

「えっ!?」

川からここまで、いろいろ想像はした。それらがまと外れだったとしても、双子の母親が人狼だということだけは事実。そう思っていたけど、血縁だとはさすがに驚愕《きょうがく》した。

「バウンティと聞いてまさかとは思ったが、やはりあの男だったとは……」

片桐老は、眉間《みけん》に深いしわを刻んで唇を嚙む。

「カナデちゃん、カリナちゃん。あなたたちのお母さんの名前、真紀《まき》っていうのよね？」

双子は振り向いて頷き、「瓜生《うりゅう》真紀」と、ぴったり声を揃えた。

「マキ……ねえさん？」

その名前には覚えがある。最後に会ったのは、確か五歳か六歳くらいだったろうか。

片桐老の妹が瓜生家に嫁いで生まれた娘。真紀と史彦とは年の離れたイトコで、片桐老の妹は亨の大叔母にあたる。つまり、亨と双子はハトコの関係になるということだ。

「亨は、真紀さんのこと覚えてる？」

「なんとなく。優しくてきれいなおねえさんだったような……」

薄っすらとではあるが、法事などで親戚《しんせき》が集まったおりに面倒を見てもらったのを覚えている。

「瓜生の孝子《たかこ》叔母さんは、なかなか子供ができなくてな。真紀は、孝子叔母さんが四十近くになってひょっこり授かった一粒種なんだ。デキのいい娘で、ぜひ嫁に欲しいという家

も多かった。でも本人は、東京の大学で薬学を学びたいと言い出して

「叔母さん夫婦は、それはもう可愛がって育てた娘だから……。結婚するまでは好きにさせてやりたいって、長老会にかけあって、必死におじいちゃんも説得して、東京行きの許可をもらったの」

そうして上京して、シドの兄トーマスと出会って恋をしたというわけだ。

真紀は大学を卒業しても家に戻らず、盆と正月の帰省もしなくなった。これはおかしいと思った瓜生夫婦は、帰りを促すために見合い話を持って娘のもとを訪れた。ところが、真紀は大学の客員講師として来日していたアメリカ人、異種人獣であるトーマス・バウンティと暮らしていたのだ。

トーマスは自分の種を誠実に明かし、結婚を許してほしいと頭を下げた。真紀は、激怒する両親を必死に説得した。

しかし、相手は外国人なうえに異種族。そんな前代未聞な結婚を長老会が認めるはずがない。頭領である片桐老に相談した瓜生夫婦は、村の男手を借りて力ずくで連れ戻そうとした。それがあまりにも強引だったため、説得をあきらめた真紀とトーマスは日本から逃げ出したのだった。

「フランスまでは追いかけたらしいが、またすぐに逃げられてしまったそうだ。以来どん

なに捜してもみつからず、真紀の名を口にすることはタブーになった」

「私は女の立場でしか見られなかったから、真紀さんが遠い外国で幸せになってくれればいいと思ってたの。でも、五年も前に亡くなっていたなんてね……」

シドは偶然だと言った。だけど……。

子供たちのためにロスの病院をやめて、日本にやってきた。北海道の田舎高校の招聘《しょうへい》を受けて、喜んで校医になった。偶然にも、越した土地に真紀の出生地である人狼の里があり、赴任した高校には頭領家の三男が在籍していた。

そして今、カナデとカリナは血縁である片桐の家にいる。

本当にそうなのだろうか。

それらのすべてが偶然とは思えず、なにかしらの意図を感じてしまうのはなぜだろう。

想いの通じ合う関係になったのに、どうしてそんな大事な部分を省くのか――。

亨の鼓動が、うるさいくらいに大きくなっていく。

シドの声が聞きたい。

好きになってよかったのだと、安堵《あんど》できる言葉が欲しい。

「お義父《とう》さん……。瓜生さんを呼んで会わせてあげましょうか」

比沙子は、黙って寄り添う双子に慈愛の眼差《まなざ》しを送る。瓜生夫婦は、カナデとカリナの祖父母なのだ。

「いらんことをするな。へたに情でも持たれたら厄介だ」

片桐老はしわがれた声を放ち、厳しく複雑な表情で双子から視線を逸《そ》らした。


子供たちを迎えに訪れたシドに動揺はなかった。

苦い表情の片桐老を前にして、落ち着き払って長椅子《いす》に腰を下ろす。

板張りの床にペルシャ絨毯《じゅうたん》を敷きつめ、大正あたりのレトロな応接セットと舶来の装飾品をコーディネイトした、和洋折衷な雰囲気の居間である。

双子が史彦と比沙子に挟まれて、窓際に置かれた長椅子に座った。

亨は感情を抑えてドア横の壁にもたれ、氷のように冴《さ》えたシドの横顔を見つめた。

疑問と詰問が渦を巻いて亨を呑みこむ。ひと言でも口にしたら、祖父や両親がいるのも忘れてわめいてしまいそうだ。

「片桐さん。あなたの姪御《めいご》さんの子供たちは、いかがでしたか」

片桐老の肩が、わずかに動揺した。

いきなりだ。なぜいきなり挑発するような発言を投げつけるのか。慄然《りつぜん》とするものを感じて、亨は緊張した。

「俺は真紀に会ったことはないが、彼女に似ているところもあるんでしょうね」

大伯父である片桐老をカナデとカリナに引き合わせた際の雑談……と言えば、そう思えなくもないが。棘《とげ》をまとったシドの気配は明らかに違う。

祖父と、史彦、比沙子の困惑が手に取るようにわかる。彼らは、双子が片桐の血縁であることを認めてくれと、シドに懇願されるだろうと予想していたのだ。

だけど、そうじゃない。事はそんな単純じゃない。

シドの胸中にはもっと重いなにかがある。愛する兄を失った彼は、悲しみを怒りに変えないと生きていけないほどの痛みを、今でも抱えているのだから。

無言の片桐老は、なにが言いたいのだといった睨《にら》むような目でシドを観察する。

「バウンティさん、真紀の代わりにカナデくんとカリナちゃんを育ててくれているんですね。若いのに、苦労も多いでしょう。それで、母親の生まれた地をこの子たちに見せるために日本へ？」

史彦が場を和ませようと、努めて穏やかなトーンで訊《たず》ねた。しかし。

「カナデとカリナを引き取ったのは、兄の血を引いているからですよ。真紀の代わりなどと言われるのは不愉快だ」

シドは、氷の鎧《よろい》でこともなげに跳ね返す。

「真紀の生まれた地には、なんの感慨もありはしない。俺は、一度も会ったことのないあの女が嫌いなのでね。そもそも、彼女と結婚しなければ、兄は低級な人狼に追われて命を落とすことはなかった」

亨の背中に冷たい汗が滲《にじ》んだ。

それがシドの本心だ。すべてはそこから始まっている——。今なお消え去ることのない悲しみと怒りに突き動かされ、彼は日本へとやってきた。

「五年前、兄は電話で言った。『誠意をもって説得すればいつか許してもらえると思っていたが、考えが甘かった』と。それがトーマスと話した最後だった。あなたがたは、真紀を連れ戻すためにずいぶんと乱暴な交渉をしたようですね」

史彦と比沙子は、言葉もなくただシドを見つめる。片桐老は、テーブルの上に置いた拳《こぶし》をきつく握った。

シドがくる前に、『片桐老に相談した瓜生夫婦が村の男手を借りて力ずくで連れ戻そうとした』と、聞いたばかりだった。

シドは、あえて交渉と遠回しな表現をしたけれど、たぶんそれは言葉ではなく有無を言わせぬ暴挙。

群れを率いる能力は、従わせる力だ。人間社会で村という団体を形成する今は、強引な統率は過剰な強制にもなりうる。頭領に『連れ戻せ』と命じられた男たちは、手荒い行動に出たのだろう。しかし真紀を守ろうと立ちはだかった黒豹は、群れを基本とする狼とは能力が異なる。個で敵に対峙《たいじ》する強靭《きょうじん》な力、精神力。初めて遭遇した未知の獣に、男たちはさぞ脅威を感じたに違いない。使命をまっとうする彼らの行動が、暴挙へとエスカレートしていったであろうことが、目に見えてわかる。

現代社会で暮らす今、亨はそんな原始的な統率を脈々と受け継ぐ一族の体質を嘆かわしく思っていた。もっと時代に沿ったやりかたがあるはずだと、子供の頃から強く感じていた。だから、いずれ頭領の地位を継承する自覚を自然と受け入れていたのだ。

「説得は無駄だと悟った兄は、真紀を連れて日本を出た。だが、トーマス・バウンティは世界的に著名な研究者だ。あとを追うのは、そう難しくはなかったでしょう。トーマスは定住地を持てず、アメリカに戻ることさえできずに逃げ回ることになってしまった。研究機関や大学の招聘を受けて、世界を転々と。その三年の間に子供たちが生まれ、フランスが最期の地となった」

「我々にも事情がある。一族の掟《おきて》なのだ。村を守るための。異種族などには、わからん」

「その掟とやらのために、俺はたった一人の家族であるトーマスを失ったんだ。フランスで追いつかれたトーマスは、国外に脱出しようと無理を押して車を走らせた。結果、スイスの国境付近で事故に遭い、夫婦は即死。ああ、義姉《あね》には一度会っていましたっけ。無残な遺体となった真紀との、初めての対面だった。二歳になったばかりの子供たちは、自発呼吸もできないほどの重体でしたよ。あと一日ともたないだろうと宣告されたが、獣の生命力で奇跡的に息を吹き返してくれた」

亨は痛む胸を押さえて目を伏せ、すぐに視線を双子に転じた。カナデとカリナは、亨の両親に挟まれたままシドの声に耳を傾けていた。

「俺は、あなたがたに知られていたワシントンの生家を売り払い、トーマス・バウンティの死を公表しないよう手配した。子供たちを追ってこられては迷惑だったので。しかし、どうでしょう片桐さん。あなたの誤った実力行使の責任は」

「事故だ。わしは長老会の掟に従って決定を下したまでのこと。あやつらが素直に別れていれば、こんなことには」

「逃げた二人が悪いとおっしゃいますか。確かに、不幸な事故だった。だが、無理に別れさせようとしなければ逃げる必要はなかったし、死ぬこともなかった。子供たちも両親を失うことなく、家族で幸せに暮らせていたはず」

「それは……だが……」

「すべては長老会の決定であり、頭領片桐の采配《さいはい》。それが兄夫婦を安住のない生活に追いこみ、子供たちに与えられるべき幸せな家庭を奪った」

「かわいそうなことをしたとは思うが」

「残されたカナデとカリナに償いを、とは考えませんか」

「なっ？　なにを要求するつもりだ」

片桐老は、額に脂汗を滲ませてシドを睨み据える。史彦と比沙子は、固唾《かたず》を呑んで見守った。

彼の要求はなんだろう。金品のようなものではないはず。最愛の兄を失った心の穴を埋めるなにか……。亨は複雑な想いで、冷たい表情を崩さないシドの横顔に視線を注いだ。

シドは、長椅子に座る姿勢をゆったりと身じろがせ、足を組んで薄い唇を開いた。

「頭領の地位を」

「なんだと！」

「片桐の血を引くこの子たちを、頭領家の後継者として認めていただきたい」

「ふざけるのもたいがいにしろ！　半分は異種族の血だ。そんな子供を受け入れるなど許されん。ましてや頭領など、言語道断」

片桐老は、拳でテーブルを叩いて声を荒げた。

シドは、その言葉を待っていたのだとでも言いたげに、唇のはしをニヤリとあげる。瞳が、金色の鋭い光彩を帯びた。

「くだらない掟と因習に囚われた種族。いっそ消え失せてしまえ」

低く地を這うように発せられた言葉だった。

彼の、トーマスへの愛情の意味が唐突にわかってしまった。年の離れた兄は親代わりであり、友であり……、そして禁忌の情をも傾けた人。彼のトーマスへの想いは、この世に存在するすべての愛を孕《はら》んでいたのだ。

亨の頭が、ハンマーで殴られたかのようにガンガンとけたたましく鳴った。

「これは、計画書のコピーの一部」

シドは書類封筒から出した紙を片桐老に向けて投げる。数枚の書類が、テーブルの上に広がった。

「ダム……建設計画?」

片桐老は呆然とした表情で文字を読みあげた。

「償わないのなら、この村はダムの底に沈むことになる」

「なんだって?」

史彦が驚愕《きょうがく》の声を発した。

亨は声をあげるのも忘れて立ちつくした。

近年多発する豪雨のせいで、土砂災害や洪水が頻発している。川の増水を調節するために治水ダムの計画が持ちあがっているという話は、史彦から何度か聞いていた。しかし、沈むのはこの村ではなかったはずだ。

「まだ企画そのものが予定段階で、建設地の候補もあがってないはずだが？」

「片桐史彦さん。村長を務めておいででしたね。近日中に決定の通達がありますよ。ちょうどいい地形と規模のこの村が第一候補だ。まあ、ほぼ決定でしょう、あなたがたの返答しだいでは」

「な、なぜだ？　こんな急に決まるなんて……。バウンティさん、あなたはこの計画にかかわっているのか？」

「この村を沈めるも候補から外すも、俺には決定権がある。それだけの力がね」

亨は両腕で自分の肩を抱き、震える唇を噛んだ。

忘れさせ、思いこませる能力。シドは、あの眼力で建設計画に携わる上層部の人間を操っているのだろう。高校に赴任してきたのも、理事長に眼力を使って校医として受け入れさせたのに違いない。この日のために、すべてが計画されたことだったのだ。

「選んでいただこう。カナデとカリナを頭領として認めて村を明け渡すか。ダムの底に沈むか」

「他になにか……。きちんと話し合って解決策を探しましょう、バウンティさん」

カナデとカリナが長椅子から下り、なにも言わず居間を出ていった。自分たちの荷物を取りにいったのだろう。

終わりだ。この話はここまで。選択肢はふたつしか与えられない。シドは、最初からこちらの言葉など聞くつもりはない。

「人狼と話し合って、なにが得られますか？　他を踏みにじる暴力的で一方的な強制。排他主義。これは、兄があなたがたから受けた仕打ちだ」

「それは、申し訳なかったと、次期頭領の立場として思う。しかし」

「わしの一存ではなにも言えん。猶予を……くれんか」

「では一週間、差しあげよう」

言って、シドは悠々と立ちあがる。

人知れない半獣の集落から始まって、六百年に亙《わた》って純粋な血筋を守り、社会に溶けこんで秩序ある村を築いてきた。歴史と誇りのある里を、群れの拠《よ》り所を失うわけにはいかない。片桐老は、怒りと焦燥をこらえ、苦渋に満ちた視線を落とした。

外国の異種族を頭領に据えるなど、村の誰も支持するわけがないと思う。けれど、ダムの底に沈められては築いてきた里のすべてを、まるごと失ってしまうのだ。長老会はどんな結論を出すのか。

年寄りたちは、苦し紛れに譲歩を請う。しかし、村に一条の希望さえ与えられていないことは、亨だけが理解している。

シドは決して譲歩しない。頭領の地位を明け渡せば、すぐにも村を解体するだろう。彼の目的は、人狼の里を消すこと。どちらにしても、与えられたふたつの選択肢は村を抹消するのだ。

帰りじたくを終えた双子が、戸口の廊下でシドを待つ。

居間を出るシドは、ドアの脇《わき》に立つ亨に視線を合わせることはなかった。

閉め出された――。

そんな思いが、亨の胸をジワジワと押し潰していく。

シドとの出会いは、偶然なんかじゃなかった。効果的に頭領家に入りこむために、それだけのために自分は利用された。

なにもかもが計算されつくしたプラン。巧妙にレールに乗せられて、双子を片桐家に招いた。そうして、目的を果たしたシドは学校でも目を合わせない。言い訳も釈明もしようとはしない。

用のなくなった自分は、必要ない者となってシドの中から閉め出されたのだ。

まんまと踊らされて、本気で好きになってしまった。子供たちと四人ですごす時間が大切だなどと真剣に思ってしまった。彼にとって自分は利用価値以上のものなんてなかったのに、一時とはいえ一族を捨ててでも彼のそばいたいと考えた。

ばかすぎて、涙も出やしない。それでも、校内でシドを見かけると勝手に視線が追ってしまう。そんな滑稽《こっけい》な自分が忌々しくて、もう怒りさえ湧いてこない。

シドの提示した選択肢はまだ村民に公表していないが、危機に青ざめる長老会は寄り集まって喧喧囂囂《けんけんごうごう》。村長である史彦も、なにか手立てはないかと奔走しているが……。

学校から帰ると、いつも明るい比沙子が沈痛な面持ちで夕飯のしたくをしていた。

可愛かった双子の境遇に胸を痛めているのと、この先どうなるのかと村の命運を憂えているのだ。

なにか手伝ってやろうかと、着替えて階下に下りると、まだ勤務中のはずの史彦が駆けこんできた。

「大変だ！　父さん！」

血相を変えて片桐老を呼ぶ。

「候補どころか、決定だ。すぐにも立ち退《の》き交渉が始まる」

「なにっ？」

部屋から出てきた片桐老は、廊下で硬直したように立ちつくした。

獲物を弄《もてあそ》んで追いつめていく歯牙《しが》が見えて、亨はまたも慄然とさせられた。じっとしていられなくなって、矢も盾もたまらずキーを握るとバイクに飛び乗った。

選択肢を迫られたのは、三日前のこと。猶予を与えておいて、実はすでに計画にGOを出していたのだ。

シドに救済の心づもりなどないのはわかっていたけど、このやりかたはあんまりだ。

夕暮れに浮かぶ白樺林は眩《まばゆ》く、バウンティ宅は何事もなかったかのように静寂の中にたたずむ。

見慣れたリビング。床に本を広げた子供たち。彼らとすごした愛《いと》しい空間。シドは、待っていたかのように亨を出迎えた。

「どうして……」

言いかけて、そのまま語尾が消えた。

ぶつける言葉を用意してきたわけじゃない。文句を言うとか、抗議するとか、はっきりした目的があったわけでもない。ただ、感情に突き動かされてここにきたのだ。

シドの指先が、亨の唇に触れた。亨はわずかに肩を震わせた。

「俺を好きだって言った。嘘《うそ》だったのか？」

呪縛《じゅばく》がとけたように、一番知りたかった質問が口から転がり出た。

「村に入りこむために、それだけのために俺を利用したんだよな」

「亨を好きなのは本当だ。愛しているよ」

「やめろよ。なんでこれ以上嘘をつく必要がある？　長老会は必死になって譲歩案を話し合ってるけど、どっちみちあんたは村を消す。目的を果たしてもう俺なんか用済みだろ」

シドは、喉《のど》の奥で小さく笑った。

「そう、猶予などない。俺はあの忌々しい村を消す。亨は俺をよく理解しているな」

「理解なんかじゃない。陰険な魂胆が見え見えなだけだ」

「俺の陰険さが理解できるくらい、亨は俺を愛しているということだろう」

眩暈《めまい》がして、つま先から気力が抜けていく。なぜシドは、こんなにもいつもと変わらずふざけたことが言えるのだろう。詰問されて、悪びれもしなければうろたえもしない。言い訳を期待したわけじゃないけど、せめて悔悟の片鱗くらいはあると思いたかった。

彼にとって、どうでもいい存在。最後まで弄んで翻弄《ほんろう》して、後悔も感じない。それほどまでに自分は価値のない存在だったのかと、言いようのない絶望感に襲われる。

「好きだの愛だのほざいておいて、俺と目も合わせない。学校ですれ違ったって無視してるじゃないか。好きだって言うくせに、どうして俺の村を消すんだ？　俺が生まれ育った村を、家を」

「亨が選ぶのを待ってるんだ」

「選ぶ……？」

「ああ。一族を捨てて俺についてくる決心を、待ってる」

「今さら……そんなこと……」

一時は亨も考えたことだった。村の平穏も頭領の座も、すべて投げ打ってでもそばにいたいと。でも今は、もう……。

「俺を、愛してなんかいないくせに」

「愛してる。何度も言っただろう」

「俺、もうわかっちゃったよ。あんたの中にいるのは、死んだ兄さんだけだ。俺なんかちっとも存在してないんだ。あんたは、兄さんを兄弟以上に愛してたんだろ。せ、性的な意味でな」

非難めいた発言を口走った瞬間、自分の心が凍りついた。

シドの平手が、硬直する亨の頬を打つ。痛みも感じないほどの軽い平手だったけれど、心を砕くには充分な衝撃だった。

「いくら亨でも、侮辱は許さない。俺にとってトーマスは特別だ。なにものも、同列に並べて語れるような存在じゃないんだ。亨への愛情は、トーマスとは別のところにある。だから、ついてこい」

「意味……わかんね……」

人の感情なんか無視して、言ってることが滅茶苦茶《めちゃくちゃ》だ。亨は二番目だと宣言しているも同然なのに、それが亨を傷つけているなんてちっともわかってない。そんなものが愛だなんて言えるのだろうか。足元が、ガラガラと音をたてて崩れていくようだ。

「群れを守るためなら平気で個を潰す。そんな旧態依然とした組織は、亨に似つかわしくない。見限って、一緒にアメリカで暮らそう。群れに縛られない自由な暮らしだ。亨が俺を選ぶなら、さらってでもおまえを離さない」

シドは両手を伸ばし、亨の頬に触れる。亨は、今にも抱きしめそうなシドの手を叩き払って飛び退いた。

「ふざけんな！　俺はシドの二番目？　三番目か、もっと下か？　あんたの言葉には、誠実さのかけらもないじゃないか。そんなていどの愛情に、ついていけるわけがない。どんなに古臭くたって、大加賀は俺にとって大事な里だ」

「じき消え去る村を選ぶか」

「村が消える瞬間を、あんたなんかに見せてなんかやらない。村が沈む前に、俺の牙《きば》であんたを葬ってやる」

昂《たか》ぶる亨の口から、鋭い牙が覗く。

激昂《げっこう》すればするほど、胸の軋《きし》みが大きくなる。

裏切られた。騙《だま》された。許すな、憎んでしまえと、防衛本能が頭の中で叫ぶ。心が壊れてしまわないように――。

もう話すことはなにもない。彼の愛が本物だったとしても、お互いのベクトルが違いすぎる。どんなに愛し合っても、決してまじわることのない平行線。

長身を押しのけて外に出ると、苛立《いらだ》つ手でキーをバイクに挿《さ》しこむ。シドは決して追ってはこない。なにを捨ててでも引きとめようなんて、絶対にしない。なぜなら、亨では失ったトーマス以上の存在にはなれないから。それが腹立たしくて、胸がちぎれそうだ。

「亨ちゃん……」

めずらしく遠慮がちな双子の声が、亨を呼びとめた。

顔をあげて振り向くと、カナデがオズオズと亨のジャケットの裾を握る。その横で、カリナが泣きそうな表情で唇を引き結んでいた。

「シドを嫌わないであげて」

「無理言うなよ。だいたい、あいつのほうが俺を嫌ってるんだ。トーマスを死なせた一族だからね」

「違うわ。彼には、亨ちゃんが必要なの。私たち、みんな亨ちゃんのこと大好きよ」

「ありがとう。俺も、カリナとカナデは大好きだよ。でも、シドにとって俺は利用する以外に必要ない存在だった。だから、あいつを嫌わないと、なんかみじめだろ」

笑って言おうとする口元が、不自然に引きつってしまう。

カリナは複雑そうな、けれど子供らしいすがるような目で亨を見あげた。

「利用したのは本当よ。シドも私たちも、計画して亨ちゃんに近づいた。だけどこんなに仲良くなる予定じゃなかったの。彼が家に入れて家族みたいにすごすのを許した他人は、亨ちゃんが初めてよ。だからシドが亨ちゃんを好きなのも本当」

「シドは、僕たちのパパをとても愛していたから……狼族を憎むことで必死に自分を支えてきた。憎みすぎて、ちょっと歪《ゆが》んでしまったんだ」

「歪みすぎだよ……。復讐劇に子供を使うなんて、やりすぎだろ」

　亨は思わずため息をついてしまう。

「それは、一緒にやらせてって頼んだの。シドのこと愛してるから、彼一人に辛《つら》いことをさせたくなかった。あのね、私たち事故のことも両親のことも憶えてないけど、シドが愛してくれているから幸せよ」

「でも、僕たちでは彼を癒《いや》してあげられない。彼の胸に開いた穴は、とても大きくて」

「シドは、本当は私たちと一緒にいるのは苦しいの。パパ・トーマスを思い出してしまうから。だって、パパが日本に渡ってから五年も会えずにいたのよ。大学で一生懸命勉強して、立派なお医者になって、パパがアメリカに帰る日を待ってた」

「それなのに死んでしまったんだ。もう二度と会えなくなっちゃった。ママ……真紀に出会わなければって悔やんで、狼族を憎んで、そしてループ」

「私たちがそばにいると、シドの傷はいつまでも癒《い》えない。私たちがそう思っていることを彼は知っていて、立ちなおれない自分を責めてまた苦しむ。そしてまたループ」

「村を沈めてループを断ち切っても、きっと彼の穴は塞《ふさ》がらない。本当は、とても優しい人だから」

「ねえ、亨ちゃん。私たちと一緒に、シドの胸に開いた穴を埋めてほしいの。ずっと、シドのそばにいてあげて」

亨は、言葉もなく首を横に振った。

歪んだシドの感情を融かすことなんて、今の自分にはできない。彼の穴を埋められるほど必要とされているのかさえ怪しいのに。

シドの愛情の温度が、わからない。

いったい、なにを選んだらいいのだろう。気持ちが揺れて、出口の見えない暗闇《くらやみ》に落ちてしまった気分だ。

亨はとりとめのない想いを抱いて、バイクのエンジンをかけた。

「大牙たち、着いたみたいよ」

玄関先で車が停まる音を聞いた比沙子が、いそいそと台所から出てきた。

決定されてしまったダム計画が公表されて、村存続の危機に人々は恐慌状態。報《しら》せを聞いた大牙と巽が、大学を休んで急遽《きゅうきょ》帰省したのである。

比沙子について玄関で兄たちを出迎えると、二人とも伴侶《はんりょ》連れだ。

「亨くん、なんだか大変なことになっちゃったね」

凜が、亨を気遣ってそっと言う。

「あ……うん」

前に、電話で恋愛相談をしたことがあった。その相手がシドのことだと気づかれてやしないかと、ドキリとしてしまう。あやふやな返事でようすを窺《うかが》ってみたけど、あまり鋭いところのない凜だった。どうやら関連づけてはいないようだ。

「お父さんはダムのことで忙しくてね。毎日駆けずり回ってて帰りが遅いのよ。ご飯、もうできるから先に食べちゃいましょ」

久しぶりに息子が三人揃って、比沙子は嬉しいのだろう。用意された食卓には、大牙と巽の好物がズラリと並んでいた。

「ちょっと村のようすを見回ってきたんだけど、あちこちすごいありさまだったな。建設反対の横断幕とかプラカードとか」

巽が、偕の皿にせっせと料理を取り分けながら言う。

「ああ、みんなピリピリしてて暴動が起きそうだ」

大牙が、豪胆にスペアリブにかぶりつく。

「そのためにおまえたちを呼んだんだ。もしものときは、頼むぞ」

このところ、苦虫を噛み潰した顔が治まらない片桐老である。

計画が進んで立ち退き交渉が始まった中、村には不穏な空気がたちこめている。横断幕やプラカードで抵抗してる今はまだいいが、反対の声は行政に聞き入れられず、狂暴な臭《にお》いを撒《ま》き散らす輩《やから》もいる始末。建設関係者が村に入ってこようものなら、乱闘や暴動さえ起きかねない状況である。その、もしもの事態に備え、鎮静役として大牙と巽が呼び戻されたのだ。

「僕も、行政関係の知り合いがいますから、そっちのツテで動いてみます」

有識者に顔の広い偕は、ツテを使ってダム計画の中枢に働きかけているのだという。

「すまんな、高峰《たかみね》くん。このさい、できることはなんでも頼む」

「頭の固いことばっかやってるからこんなことになるんだ。いいかげん、じじいどもは考えを改めたほうがいいぜ」

相変わらずズケズケ言う大牙だ。

しかし、今の片桐老は憔悴《しょうすい》していて叱《しか》り飛ばす気力もないらしい。食事が終わると、史彦が帰るまで横になると言って早々に部屋に戻っていった。

「お父さん、今夜は特に遅いわね。おじいちゃんは寝ちゃったら朝まで起きないわよ。あんたたちはそっちでテレビでも見てゆっくりしてたらいいわ」

「そうだな。凜、先に風呂でも入っとくか」

「いいねえ、温泉。なんて呑気《のんき》なこと言ってちゃいけないか」

「かまわないよ、凜くん。兄貴と一緒に入ってきちゃえば」

「深刻な状況なのに、なにもできない俺までついてきちゃってなんか申し訳ない」

「気にしないの。凜はいるだけで可愛いんだから」

偕は、溺愛《できあい》するイトコの肩を抱き寄せて頭を撫でる。そんな二人を見る大牙の心境が面白くないのは、いつものこと。

「俺の凜にいちいちベタベタすんじゃねーってってんだろ」

「大牙ってば、心が狭いよ」

大好きな偕のスキンシップには、子供の頃から慣れている凜である。

「ほんと。同じ兄弟でも巽とは性格が違うよねぇ」

実は、嫌がる大牙の反応が楽しくてわざとやらかしてみせる偕なのだ。

「巽は外面《そとづら》がいいから表に出さないだけだ。凜は、俺が偕とくっついたらどうだ？　俺の不愉快さをちっとはわかれ」

プンプンして言う大牙は、偕の肩を両腕で囲むようにして抱いてみせる。

「偕さんが好きなのは巽くんだって、わかってるからへーき」

「巽も、こんなことくらい平気だろ」

「あ、ああ。へーきだよ、偕さん。いちいち兄貴相手に妬《や》いたりしないから」

「巽にい……牙が出てんぞ」

ヒクヒクする巽の口で、出現しかかっていた牙がシュッと引っこんだ。

兄たちが選んだ伴侶は、猫族だけど気立てのいい人たちだ。両カップルとも羨《うらや》ましいくらいに仲がいい。

大牙は幼い頃に出会った凜を伴侶にすると決めて、跡目を放棄して凜と暮らすと言い続けてきた。そして片桐老をはじめ長老会との対立の果てに許可をもぎとり、今は公認の伴侶となった。

巽は三人兄弟の真ん中という立場と一番頭脳が優秀ということもあって、医者を目指すと宣言した中学生の頃から跡目放棄を許されていた。偕を伴って挨拶に訪れたときにはさすがに驚いたが、不承不承にも片桐老が認め、長老会はそれに従った。

なのに、どうして自分だけこんな……。

妬《ねた》んだり羨んだりするのはお門《かど》違いだと思うけど、穏やかではいられない。伴侶に恵まれて幸せそうな兄たちを見ると、いけないとわかっていても気分がつっかかってしまう。

片桐家の末っ子は、跡目継承の最後の砦《とりで》だと言われている。『やっぱり末っ子はだめだった』『兄のどっちかが頭領になればよかったのに』なんて言われないように、片桐を継ぐと決めたときから兄たちを追い越そうと努力してきた。それなのに、シドに騙されて簡単にその気になって、こんな最悪の事態を招いてしまったこのていたらく。

情けなくて、自分が苛立たしくて、どうしようもなく荒《すさ》んでいく。

「亨？　なんか沈んでるな。どうした？」

巽に訊《たず》ねられて、どろどろした嫌な感情が湧きあがる。

「どうもしねーよ」

普通に答えればいいのに、吐き捨てた言葉が棘だらけだ。

「バウンティの家で英語を教わってたって、父さんから聞いたよ。どんな男だか教えておいてくれないかな」

「前に、そいつのことで俺たちに電話してきただろ。あのあと、親父《おやじ》かじじいに相談したか？」

「してない」

「こうなるまでに、なにかあからさまに不審だと思ったことは？」

「危ないやつだと感じたことはないのか？」

「ないよ。あいつは普通に医者だったし、子供たちは可愛かった。それだけ」

憮然《ぶぜん》として答えて、やりきれなくて兄たちから目を逸らす。

「しかし、こんなことに子供を巻きこむってのは最低ヤローだ」

「どうだろうなあ。やっぱり愛情がないのかな」

「愛情なんてねーだろ。大嫌いな女の子供だって言ってたそうじゃないか」

違う。違う！　違う!!　シドは子供たちを愛してる。だから、村を消して負のループを断ち切るために日本にきたんだ。なにも知らないくせに勝手なこと言うな！　胸の中で叫んで、亨は兄たちから逃げようとした。

けれど、大牙に腕をつかまれて引き戻されてしまった。

「人を操る力があるって言ってたな。それを詳しく教えろ」

「そんなもんない！」

「おまえ、なにつっかかってんだ」

「亨？　ちょっと、おかしいぞ。なにか言いづらいことでもあるんじゃないか？」

「うるさい！　ほっとけよ。こうなったのは、シドを村に引き入れた俺の責任だ。俺一人でなんとかする。兄貴たちは東京に帰れ!!」

ひとつ棘を吐くごとに、複雑な憤りが積み重なっていく。

「一人でどうにかなる問題じゃないだろう」

「兄貴たちは村を捨てたくせに！　よけいな口出しするな！　村がなくなったって、伴侶と東京で幸せに暮らせるんだから」

激昂する声が悲痛に掠れ、瞳に青色の炎が燃える。

「俺は……俺なんか……」

大きく跳び退《すさ》ると、亨の体がゆらりと揺れて服が抜け殻のように落ちた。次に、目の覚めるような美しい銀色の被毛が宙に舞った。

兄たちの言葉がもう聞こえない。感情が暴走して衝動を抑制できない。兄たちが一緒に暮らしていた頃は、ちび扱いされるのが嫌でなにかというと変身して挑んだ。でもそれはケンカごっこのじゃれ合いであって、こんなにも攻撃的な気分になったのは初めてだ。

「どうした、亨」

わけのわからない言動に走った弟をなだめようと、巽が手を伸ばす。亨は、狼の牙を剥《む》いて威嚇《いかく》した。

「なんなんだ、おまえは」

大牙は、怒りのまじった呆《あき》れ顔だ。一瞬、体がシュッと小さくなったように見えたかと思った次には、服を落として全身銀色の獣が出現する。亨とそっくりだけど、ひと回り大きい勇壮な狼だ。

「おいおい、兄貴まで。やめろよ、二人とも」

巽がとめようとするが、聞く耳持たない亨が大牙に飛びかかっていく。避けた大牙は素早く反転して亨の首に食いつく。亨は、ギャンと短い声を漏らしたが牙を振り払って飛び退き、またしゃにむに飛びかかる。

「やめろって。襖でも壊したら母さんが嘆くぞ。うわっ」

間に割って入った巽が弾《はじ》き飛ばされて、偕と凜の膝元まで転がってきた。

「だ、大丈夫か。巽」

「あ〜、大丈夫。とめてくるから、待ってて」

言う巽の体がスゥと変形した次の瞬間、銀色の狼が兄と弟に向かって弾丸のように飛び

出した。体格は大牙とほぼ同じ。三兄弟を証明するかのような美しい銀の毛並みだが、耳の先と尻尾の半分を彩るチャコールグレイが鮮烈な雄狼だ。

「ちょ……、俺たちもとめに入ったほうが？」

凜がオロオロして言う。

「いや、無理だろう。僕たちの手には負えない」

「じゃあ、おじいさん呼びに……」

立ちあがろうとしたとき、廊下側の襖が開いて比沙子が鷹揚《おうよう》な声をあげた。

「あら、まあまあ。久しぶりに三人揃ったらもうケンカ？」

台所の片づけを終えて、お茶を運んできてくれたのである。三人の息子はくんずほぐれつ。食いつき合い、離れたかと思うとまた突進していく。

「あ、お母さん。とめられますか？」

「う～ん、みんな図体がデカいからねえ。座卓と座布団、隅に寄せてお茶にしましょう」

放っておけということらしい。偕と凜で座卓を隅に寄せると比沙子は新しいお茶を注いで、兄弟ゲンカを眺めながらパリパリと煎餅《せんべい》を食べる。

「あの子たちったら、ちょっとのことですぐ取っ組み合いになるのよ。男ばかりの兄弟はほんと荒いわ」

「そのたびに変身して?」

「そう。これだけデカくなられたら、私なんかじゃとめられないでしょ。気がすめば仲なおりするし、ほっとくのが一番」

比沙子はズズーッとお茶をすする。

大牙が前足で亨を押さえつけ、亨も負けじと反転して胸元に食いつく。巽が割って入ると亨は標的を移して巽にかぶりついていく。今度は大牙が割って入って弾みで巽を突き飛ばし、巽が大牙にかかっていき……。誰と誰がなにを争ってケンカしてるんだか、もう無茶苦茶《ちゃくちゃ》。三匹がぶつかり合い、弾き飛ばされてドタンバタンと転がるたびに、畳のへりがホコリを舞いあげて浮いた。

「いつになく激しいわね。ちょっと、畳がすり切れちゃうでしょうが。襖破いたらどうするの」

と、比沙子が言ったそばから、宙高く飛び退った巽が襖に飛びこんだ。破くどころか枠ごと粉砕。間を置かず、巽と亨に同時にアタックされた大牙が、縁側の廊下まですっ飛ばされて障子に突っこんだ。こちらもまた桟ごと粉砕である。

比沙子がキャーッと悲鳴をあげた。

「あんたたち、いいかげんにしなさいよ」

激怒して立ちあがった、かと思うや。衣服を残してすっくと現れたのは、グレイを帯びた被毛の狼だった。

座卓を軽々と飛び越え、三つ巴《どもえ》で団子状態の息子たちに突進して次々に体当たりを食らわしていく。突然の乱入に三匹が怯《ひる》むと、すかさず長男大牙の首っ玉に牙をたてた。

「キャッ」

「え？」

凜と偕は耳を疑った。しかし確かにキャッと聞こえた。ふてぶてしく負けなしを豪語するあの大牙が、信じられないことに敗北の声を漏らした。

負けを認めた大牙が長い四肢を現し、人間の姿に戻る。巽と亨も、続いてスラリと人間の姿に戻る。当然、三人ともすっぽんぽん。

比沙子は部屋の隅に悠々と歩いて戻ると、偕と凜の前でテヘと笑った。

狼の顔だからそんな細かい表情はわかるはずないのだが、偕と凜には確かに恥ずかしそうに笑ったように見えた。

偕は、脱ぎ落とした比沙子の服をまとめ、エプロンに包んで風呂敷結びをする。そしてそっと畳にすべらせて差し出す。

比沙子は結び目を咥《くわ》え、口から包みをぶら下げてそそくさと出ていった。

「びっくりした……。狼の家族ゲンカ？」

「激しかったね……」

凛と偕は唖然《あぜん》として比沙子の消えた廊下を見てしまう。猫族ではありえない強烈な家族ゲンカだった。片桐家で一番の権力を持つのは実は比沙子なのかもしれないと、尊敬さえしてしまう二人だ。

「ったく。変身するたびに服を着なおすのは面倒なんだよな」

大牙がブツクサ言いながら、脱ぎ捨てた服を拾い集めて身に着けていく。

「変身中は服が毛皮の一部になったりとか、するといいのにねえ」

巽がぐしゃぐしゃのトレーナーをパンとはたきながら、横目で亨のようすを窺った。

シャツに袖を通す亨は、俯いた視線があげられない。

「なあ、亨。いったいなにがあったんだ？　話してみろよ」

「おまえは生意気な弟だが、なにも言わないでムキになるやつじゃなかった。いつだってはっきり主張してぶつかってきたじゃないか。どうした？」

改めて穏やかに問われて、シャツのボタンをかけていた手がピクリと振れてとまる。すぐに動き出した指が、心許《こころもと》なくボタンをつまむ。

「バウンティのこと、好きなのか」

柔らかな小声で言い当てられて、今度は肩が大きく揺れた。

「そうか……そりゃ、しんどいな」

巽は、片腕で亨の頭を抱えて引き寄せた。

隠しきれない動作が、気持ちを暴露してしまった。巽兄の温かい肩に額を乗せると、鼻の奥がツンと痛んだ。

「どうりで、つっかかりかたがおかしいと思ったぜ」

大牙が、亨の頭に手を乗せてくしゃくしゃと髪を撫でた。

部屋の隅で意外な告白を見ていた凜が、困惑して偖を振り仰ぐ。偖は唇の前に人差し指を立て、「僕たちは遠慮しよう」と部屋の外に凜を促した。

今にもこぼれそうな涙をこらえて視線をあげると、大牙と巽の澄んだ瞳が心配そうに亨を見つめてくる。

いつだって等身大で相手をしてくれて、ケンカのあとブーブー文句を言う亨を笑って受けとめてくれた兄たち。大牙は『いつまでもブーたれてんじゃねぇよ』と言ってポンポンと頭を撫でた。巽は『わかった、わかった。言いたいことがあるなら全部聞いてやる』と言って、突き出した亨の下唇をちょんとつまんだ。あの頃と変わらない、兄たちの頼もしい眼差《まなざ》しだ。

亨は、へたりこむようにして畳に胡坐《あぐら》で座った。

「でも、もう終わったんだ。俺は、あいつに利用されてただけだから……。双子を連れてこの家に乗りこむために」

「ふ～ん？　亨は、このまま終わって納得できるのか？」

巽が斜め向かいに胡坐で座り、肩を落とす亨の下唇をまたちょんとつまむ。大牙も胡坐をかいて、ふんっと鼻を鳴らしながら胸の前で腕を組んだ。

「おまえな、自分の気持ちにケリをつけてないから、そんなにやさぐれてるんだろ」

ケリ……。確かに、自分の中でそんなものはついてない。だけど――。

「俺は、シドにとってお兄さんを死なせた憎い一族の一人でしかない。あ……愛してるだなんて、利用するための嘘だったんだ。だから……」

「バウンティが、おまえにそう言った？」

「そんなの、言われなくてもわかる。だってあいつ、その気にさせといて目的を果たしたら俺と目も合わせない。ひとっ言も口きかないんだぞ。そのくせ、一族を見限ってアメリカについてこいなんて」

「口をきかない？　で、アメリカについてこい？」

「あ、いや……。無視され続けてて、一度だけ会いにいった。そのときに、俺がシドを選ぶなら離さないとかなんとか」

「なるほど。バウンティはおまえに未練があるのか」

「そんなのあるもんか。俺をからかって楽しんでるようなやつだから、適当にあしらわれただけだ。ノコノコくっついてったって、向こうで捨てられるのがオチさ」

「捨てられたくないんだ？　亨は」

「え？　そ、そりゃそうだろ、普通……」

いきなり核心を突かれて、ちょっとうろたえてしまった。『捨てられたくない』なんて、はっきりした言葉で考えたのはたった今だけど、つまりはそういうことだ。シドの心が信じられないのに、アメリカくんだりまでついていって捨てられたら、みじめの上塗りでそれこそ立ちなおれない。

「それで、亨はどうしたい？」

「お、俺？　俺は……」

「おまえの話は、バウンティのことばかりだ。利用されただとか、憎まれてるだとか、目を合わせないだとか。肝心なおまえの気持ちはどうなんだ」

「だって……、俺がどう思ったってどうにもならないじゃないか。どうせ俺はいいとこいっても二番目……。いや、双子がいるから大幅に開いて三番目かな」

「それは違うだろ。何番目かなんて関係ない。相手にどう思われてるかなんてことを考えてばかりだから、どうにもならないんだよ」

「それは、だって……」

「だってだって、じゃねえ。だいたい、捨てられたくないなんて、なに自立できない女みたいなこと言ってんだ」

「だってはだってだもんよ」

亨は、小さな子供みたいにほっぺたを膨らませた。自立してようがしてなかろうが、好きな相手の裏切りや別れは辛いものだ。

「自立以前の問題なんだよ。相思相愛だと思ったら実は一族ぐるみで憎まれてて、復讐するために利用されてたんだ。そしたら俺だって憎み返してやろうかなって気になっちゃうじゃないか。なに言われたって信じられるわけないのに、村を沈めるから一族を見限ってついてこいとかほざかれて、もうどうしろってんだ。大牙にいならどーするよ」

口を尖《とが》らせて反発してしまう。名指しされた大牙は、ギラリと目を光らせて即答する。

「対決だな」

「対決？」

「俺のほうが強いってことを思い知らせて、俺についてこないのなら食い殺す」

「いやいや、さすがに殺しちゃまずいだろ兄貴」

「そのくらいの気概でいけってことだ」

「巽にいは？」

「俺は、そうだなあ。相手が偕さんしか考えられないから、どこにでもついていくかな。それで、時間をかけて楽しみながら、俺のよさをわからせて確実にモノにする」

亨は眉《まゆ》をひそめてポリポリと頭をかいた。

立場が違いすぎだた。もともと怖いものなしな二人だが、すでに村を離れて伴侶をモノにしているので、超強気なのだ。

「にいたちは気楽だよな。跡目放棄して伴侶とラブラブで」

視線を逸らしながら嫌味っぽく言ってやると、巽がちょっと上半身を傾けて亨の顔を覗きこむ。

「気楽っちゃ気楽だが……。これでも俺なりに真剣に悩んで考えて、医者になる道を選んだ。亨は、気持ちにケリをつけないままバウンティと別れて跡目を継ぐのか？」

「自分の気持ちに向き合わなきゃ、どんな道を選んだところでいつまでたっても気持ちは足踏みだぞ。あのときああすればよかった、ああしてたら今どうなってただろう、なんて後悔がいつまでもついてくる」

「でも、人を好きになったのって初めてで。どうしたらいいのか、どう考えたらいいのか」

「相手にどう思われてるかは、二の次だよ。憎まれてるから憎み返すなんてガキっぽいことは考えるな。別れるにしてもついていくにしても、納得できる道を選ばないと、伴侶を見極める目も曇っちゃうぞ？」

「シドが……俺の伴侶だって言うの……？」

「おまえは、俺たちに負けないくらい芯《しん》がある。力の強い人獣は、生涯の伴侶に出会うと必ずわかるんだ。言葉や理屈じゃなく感覚でな」

「感覚……？」

「そう、亨の伴侶はバウンティなんだと思うよ。たとえ悪人でも、どんな形ででも、出会ってしまったらなにがあっても絶対に心は離れない。体が離れれば離れるほど、心は引き寄せ合うものだ」

「バウンティは、おまえを利用して傷つけても切り捨てられず、アメリカについてこいなんて未練たらしくほざいてる。おまえも、そいつを信じられないくせに気持ちが離れられない」

「離れ……られない」

亨は呟いて、色素の薄い瞳をシドに馳《は》せた。

初めて会ったときから、シドのことが気になってしかたなかった。普通なら嫌悪するようなことをされても、ますます彼のことが知りたくなった。

今は――こんなことになってさえ、シドから心が離れない。どんなに彼を好きか、そしてなにがあってもシドを嫌うことができないのだと、思い知らされるばかりだ。

「シドを……好きでいてもいいのかな」

胡坐の足首を握って畳に視線を落とすと、ホロリと小さな涙がひと粒こぼれた。

「そうさ。たとえ憎しみ合ったとしても、好きなものは好き。無理に嫌うことはない」

「離れられないなら、どーんといけ。おまえの取り得は素直なところだ」

「彼についていけって焚《た》きつけてるわけじゃないんだよ。亨には跡目の問題もあるし」

「跡目なんざ問題じゃねえ。狼族の頭領は世襲制じゃないんだ。片桐の直系がいなくなっても、分家にだって跡目候補になれるやつはいる。じじいのあとにはまだ親父が控えてるんだし、これから頭領の器を育てていけばいいことだろうが」

「本来はそうだけど。まあもしそうなったら、悶着《もんちゃく》は避けられないよな」

兄たちの言うとおり、頭領は世襲制ではない。ただ、大昔に片桐家の先祖がリーダーの座について以来、力のある片桐の血筋が村を守ってきた。平和な世となった今、村人は代々続いた頭領家の統率力に依存して現代に至っているのだ。

「どっちにしても、亨がしっかり考えて選ぶ道なら支持するよ。俺たちは、おまえの味方だ。な、兄貴？」

「おう。なにがあっても、俺たちはおまえの後ろにどんとついててやる。だから心おきなく進め」

「なんか、感慨深いなあ。俺たちのあとをついて回ってたチビが、好きな人を見つけていっちょまえに悩んでるなんて」

「ああ、おまえも成長してたんだな」

大牙と巽はしみじみ言って、頷き合う。兄たちの頼もしく心強い後押しに、亨の気持ちが前を向いていく。

「お、俺だって、秋には十八だからな。立派な大人だぜ」

亨は袖口で目元を拭《ぬぐ》い、畳から視線をあげた。

一番大事なのは、自分の気持ち。たとえ憎まれていても、愛してるなんて言葉が嘘だったとしても。トーマスに及ばないちっぽけな存在であっても、彼を好きなこの気持ちは変わらない。

悩みはつきないけど、心を覆っていた霧が少しは晴れた気がする亨だった。

休み時間。三階の窓に寄りかかって外を眺める。

向かいの旧校舎に続く一階の渡り廊下に、シドの姿が見えた。

白衣の裾が、緩やかにひるがえる。際立つ長身。しなやかな動作。手の届かない距離にいても、彼の意識が自分に向いているのがわかる。シドも、見つめる亨の視線を感じているだろう。

けれど、彼は亨を見ない。前みたいに視線を返したり、笑いかけたりしない。

亨が一族を捨ててシドを選ぶのを、待っているのだ。

生涯の伴侶とはなんだろうと、考えてみる——。

それはきっと、必ずしも結ばれる運命の相手ではないと思う。遠く離れてさえも引き合う魂の番《つがい》だ。

だから、本当にシドが伴侶なのだとしたら、このまま別れてしまってもシドへの想いは変わらない。二度と会うことはなくとも、彼の面影は生涯この胸にとどまる。

彼にとってトーマス以下の存在でしかなくたって、自分が彼を好きならそれでいいじゃないかという気に、少し落ち着いてきた亨だ。

「片桐ーっ、ボウリング！」

「こないだのカラオケのメンバーが集まるんだぜ」

ホームルームが終わって帰りじたくをしていると、大川と山田と吉井が嬉々《きき》として亨を囲んだ。前回のカラオケで大川と希美恵のカップリングがうまくいって、山田と吉井も『あとに続け！』とばかりに勢いづいているのである。

「いつ？」

「来週の土曜。みんなで昼食ってからボウリングに流れる予定。おまえも行くよな？」

「行く行く。盛りあげてやるから、頑張れよ！」

「おーーっ！」

四人でファイトポーズ。

「片桐も、取り持ち役ばっかやってないで自分の彼女作んなよ。モテるんだから、よりどりみどりだろ」

「ん～、俺は生涯独身でいいなあ」

「もったいねー。俺が片桐だったら、十股くらいしちゃうぜ」

口だけは言うけど、実は純情素朴な吉井である。

昇降口に下りると、「猫だ」と騒ぐ数人が廊下を走っていく。猫好きな山田が、後ろの一人を捕まえた。

「どこに猫いんの？」

「校舎に入りこんでてさ、中庭に逃げてった」

「仔猫《こねこ》?」

「いや、大きい黒猫なんだけど、丸々しててすんげえ可愛いの。保護して弁当の残り食わせてやるんだ」

「俺も行く!」

山田は、中庭に続く渡り廊下に向かって全力で駆けていった。猫ファンというのはなんとも熱烈だ。

亨はバス通学の大川と吉井と別れて、校舎脇の自転車置き場に向かった。

自転車通学者の多い土地柄、用意されたスペースを上回る数の自転車が溢《あふ》れ返る。毎度のことながら引っ張り出すのに苦労していると、背後の植えこみがガサリと揺れた。

亨の優れた鼻がヒクと反応して、この匂いは? と振り向いた。と同時に植えこみから黒い物体が飛びついてきて、思わず胸に受けとめた。

両脇を持って、胸から引きはがしてその物体を確認すると。

「カ、カナデ?」

大きくて丸々してて可愛い黒……豹の子供。カナデだった。

「どうしたんだ」

尻尾をぶんぶん振ってなにか言おうと口をパクパクさせる。ポンと変身を解くと、すっぽんぽんのカナデが泣きそうな顔で亨にしがみついた。

「シドを捜してたんだけど、お兄さんたちに追いかけられちゃって」

「家から変身してきたのか？」

「このほうが走るの速いから」

カナデは青ざめ、呼吸を整えようと努力しながら答える。

大人なみの常識を備えた天才で、生意気なくらい落ち着きのあるカナデが、変身して街中を走ってくるなんてよほどのことだ。

「なにがあった」

「カリナちゃんがさらわれた」

亨は驚愕して、一瞬言葉を失った。いったい誰が？　なんのために？

「とりあえず豹に戻れ。こんなとこに裸の子供がいるのを見られたら厄介だ」

言われたカナデは、ヒュッと黒豹の姿に戻る。

亨は学ランを脱いでカナデを包むと、急いで保健室に走った。

シドは、変身したカナデの気配と異変を感じとったのだろう。亨が手をかける前にドアが開いて、生徒たちがゾロゾロ出ていった。

「カリナは？」

シドが、カナデを見るなり言う。片時も離れずいつでも一緒にいるカリナの姿がないことに、一番の懸念を抱いたのだ。

「男の人が三人きて、僕は外に逃げられたんだけどカリナちゃんは捕まっちゃった」

「どんな男だった？」

質問しながら、備品の棚から生徒用のジャージを出し、変身を解いたカナデに着せてやる。冷静さを崩さないシドのようすに安心したのか、カナデはホウと息をついて答えた。

「人狼……だと思う。匂いがしたから」

「俺の村のやつら？　まさかそんな」

ありえないと言いたいが、村存続の危機に瀕《ひん》してる今は恐慌状態。長老会や自治組織の目の届かないところで、不穏な行動を取る輩が出る可能性がないとは断言できないのだ。

「その男たち、なにか言ってたか？」

質問するシドに、カナデはミネラルウォーターを飲みながら大きく首を横に振る。

「どこに連れていったか、手がかりになるようなものは？」

「いきなり、斧《おの》でドアを壊して入ってきた。行き先とかはなにも」

「荒っぽいな」

「きっと、短絡なやつらがうちのじいさんに隠れてなにか企ててるんだ。年寄り連中を締めあげても、たぶんカリナの居所は知らない……」

「ダム計画の恨みか。待っていれば、なにか要求してくるんだろうが」

「待ってられない！　もしかしたら、匂いでかかわってるやつが誰だかわかるかも」

亨は焦燥に駆られ、両の拳を握りしめた。

「わかった。とりあえず家に帰ろう」

早く助けにいってやらないと、カリナがかわいそうだ。粗暴な連中に捕まって、きっと怖い思いをしている。

ダム計画を阻止するための人質なら、話がつくまでめったなことはされないと思う。でも、怒り狂った人狼がなにをやらかすかわからない。

シドの運転する車の後部座席で、亨はカナデの手を握ってやった。

「ごめんな。カリナは、絶対に無傷で取り返すから」

「うん。亨ちゃん、強いものね」

そう応《こた》えると、カナデは信頼の笑みを寄せてくれた。

静かな白樺林の中に建つシドの家は、無残な状態だった。

男たちは村を奪われる憤りをぶつけたのだろう。斧でぶち破られたドアは、半分以上が木片となってあちこちに散らばっている。役目を果たしていないドアを押して室内に入ると、花瓶や写真たてなどの装飾品は床に落ちて粉々。リビングの椅子とテーブルはのきなみ引っくり返されていて、まるで逆鱗の熊にでも襲撃されたようなひどいありさまだ。

亨は膝をつき、男たちが触れたであろう家具や床を嗅《か》いでみる。

「どうだ?」

「……全然知らないやつらだ」

玄関を出てポーチを下りると、今度は芝生に鼻を近づけて嗅覚《きゅうかく》を研ぎ澄ます。

芝の匂い、土の匂い。木の根の匂い。住人であるシドと双子の匂い。それから……タイヤ、オイル、ガソリンと……。排気臭にまじって芳香剤の香りが微《かす》かに漂う。

シドの車は芳香剤を使っていない。

「これだ。辿《たど》っていける」

確信を持って言うと、シドも地面に手をついて芝に鼻を近づける。犬や狼ほどではないにしても、彼の嗅覚は人間より格段に鋭いのだ。

「車の臭いか。まだ新しいな」

「排気臭に芳香剤の匂いがまじってるだろ。これを追っていけば、カリナを連れてった場所までいける」

亨は勢いよく立ちあがり、ポケットから携帯を出した。

史彦に電話をかけて事態を簡単に説明して、カナデの保護を頼んで通話を切った。

「カナデ。すぐに俺の父さんがくるから、ここで待っててくれ。念のため、鍵《かぎ》のかかる部屋に隠れていたほうがいいな」

カナデは大きく頷いて、家の中に駆けこんでいく。

「いくよ、シド」

言う亨の姿が、スウと狼の姿に変身した。

シドは、見あげる亨の足元に膝をつく。襟首の豊かな被毛に指を潜らせ、耳の下に唇を埋めてキスをした。

信頼と、愛情が、亨の中に流れこんで融けた。

「頼む」

囁き声が耳に吹きこまれる。ふいにシドの気配が大きく動いて、圧倒的な存在感が目の前に立った。

金の瞳と、漆黒の被毛を持つ優美な獣。しなやかな四肢が力強く大地を蹴《け》る。

亭の先導で白樺林を抜け、県道から住宅街に入ると、シドは道を外れて人目のない足場を選んで疾走していく。狼が街中を走っていても犬だと思われるが、豹はどこから見ても豹なのだ。

驚異的な跳躍力で塀から屋根、木に飛び移り、物陰に飛び降りまた物陰へ。さすが上下運動に強い猫科獣。かつ、熱帯雨林から山岳地帯にまで適応する身体能力の持ち主である。

丘陵を登る細い林道に入ると、男たちの潜む目的地が読めてきた。

この先は山の反対側に出る一本道だ。その途中の高台に治水ダム建設の事務所があり、そこから川を五キロほど下った谷あいに人狼の里がある。

樹木を切り開いたばかりの土地にはまだ使われていないプレハブが建っているだけ。細かい調査が必要で、着工はしばらく先なのだ。

芳香剤のまじった排気臭はプレハブの前に停まった乗用車に続いていて、その乗用車の隣に名和《なわ》工務店と書かれたワゴン車が一台ある。

工事が始まったら飯場になるのだろうプレハブのドア横に、『調査事務支所』のプレートがかかっている。

車の陰に身を潜めながら窓に忍び寄って、中のようすを窺ってみた。

埃《ほこり》っぽい室内に置かれているのは、隅に積まれた三組の事務デスクだけ。二十代から四十代くらいまでと思える男が全部で八人。シドの家に押し入った三人の臭いには覚えがなかったが、この八人が並ぶとその半分が知った顔だ。

男たちに見張られたカリナは、部屋の真ん中で唇を固く引き結んで座っていた。

白いエプロンドレスは土埃で汚れているけど、どこにも怪我はないようだ。

とりあえずホッとして、耳をそばだてる。携帯を耳にあてた男がウロウロと歩き回り、苛立ったようすで舌打ちした。

「何度かけても出やしねえ」

「困ったな。早く呼び出さないと陽が暮れる」

「おい、嬢ちゃん。シド・バウンティの携帯番号は間違いないのか」

「そのはずよ」

カリナは気丈に顔をあげ、はっきりと答える。

シドを呼び出して、暴力にものを言わせてダム建設を中止させる計画なのだろう。不穏な臭いが外にまで流れ出している。しかし、シドの携帯はポケットの中。服は家の前で脱ぎ落としてきたので、ここにいるシドが出られるわけがないのだ。

「学校に電話しても、とっくに帰ったっつうし……。家の電話番号は？」

「うちは携帯しか使ってないわ」

一番若そうな男が、イライラと足を踏み鳴らした。

「さっさとやっちまわないと、警察でも呼ばれたらやばいだろ」

「うまくいく前に長老会に知られたら、元も子もない」

年長と思える男が、ビニールを張ったままの椅子に座って貧乏揺すりをしながら言う。

「しかたない。誰か一人、直接呼びにやろう。店に残ってる雄治《ゆうじ》に頼むか」

会話からして、この男がリーダーだろう。よく見知ったその顔はワゴンの持ち主で、村の家屋の新築と補修を担う名和工務店の社長。片桐家でも、雪解けのあと屋根の補強を頼んだばかりだ。

「ちくしょう！　俺らがなにやったって、どうせ国のやることには逆らえないんだ」

若い男が狂ったように怒鳴り出し、同調したもう一人がカリナを指差す。

「いっそシド・バウンティを殺せ！　こんなガキ、食い殺しちまえ！」

茶色がかった耳と口が伸びて、二匹が凶悪な牙を剝いた。

危険を感じたカリナが駆け出して、積まれたデスクの下に逃げこんだ。それを追いかけようとする二匹は、人語のまじった咆哮《ほうこう》をあげながらメキメキと変身を遂げた。

亨は、シドの金色の瞳を見つめ、視線で会話をかわす。

シドが小屋から少し離れた位置に移動して、くるりと振り返った。数歩の助走をつけて軽やかに跳躍すると、そのまま扉に体当たりした。

軽やかとは言っても衝撃は重量級だ。すさまじい音をたてて扉が破られると、亨はシドに続いて室内に踏みこんだ。

「うわああ、黒豹だ！」

「バウンティか！」

「か、片桐の坊ちゃんっ？」

意表を突かれた男たちが叫んで散り散りに飛び退く。彼らの顔に驚愕と動揺と憤りが走り、それがひとかたまりになって野生を呼び起こした。

男たちが次々に変身して、プレハブの中で狂暴な気配がひしめき合う。

最初に変身した若い狼がシドに挑みかかっていくと、漆黒の肢体が華麗にかわす。間を置かず次の狼が挑み、死角から他の狼が飛びかかる。

彼らはターゲットを憎いシドに絞ってきたのだ。

亨もシドを援護するけれど、さすがに八匹もいるとそれぞれの役割分担が自然とできてくる。攻撃、防御、牽制《けんせい》の連携が系統だって厄介だ。

なかなかカタがつかず、一匹がカリナの隠れているデスクに勢いよくぶつかった。

十匹の獣が戦うには、このプレハブは狭すぎる。このままではカリナが巻き添えで怪我をしてしまう。

戦いの場を森林に移せば、木に登れるシドには有利だろう。しかし、全員が誘導に乗るとはかぎらない。へたしたら、外で戦っている隙《すき》にカリナが狙《ねら》われるかもしれない。だからといって、中と外の二手に分かれてもし全員がシドを追っていったら、シドだけで八匹を相手にすることになる。

シドにもしものことがあったら……。だけど。

亨は逡巡《しゅんじゅん》を振り払い、カリナの隠れるデスクの前で立ちはだかった。

彼の強靭な力を信じることにしたのだ。

シドも同じ考えだったのだろう。亨に一瞬の視線を送り、素早く身をひるがえして外へと戦いの場を変えた。

狼が次々にあとを追い、人質を確保しようと二匹が亨に攻撃態勢で構える。亨は飛びかかられるより先に素早く突進して、一匹の首に牙をたてた。ギャンという敗北の声を聞くと、今度はもう一匹のほうに向かって姿勢を低くする。と、そいつは慌てるようにして外に走り、敗北した狼も股に尻尾を挟んで逃げていった。

プレハブ内がガラ空きになると、亨はデスクの下を覗きこんだ。カリナは両手でしっかり頭を抱え、体を丸めて身を守っていた。

亨はカリナの無事を確認すると、今度はシドの戦況を見ようと外に駆けた。

ちょうどそこに新たな一台の車が見えて、敵の増援かとギクリとして目を凝らし、そして見開いた。

それは、史彦の愛車だった。助手席には、祖父の姿がある。車が停車すると、後部座席のドアが両方とも勢いよく開いて、勇壮な二匹が疾風《しっぷう》のごとく飛び出ていった。全身見事な銀毛の大牙と、耳の先と尻尾の半分だけがチャコールグレイの巽だ。

「カリナちゃんは無事か！」

カナデの手を引いて車から降りた史彦が、声を張りあげた。亨が振り返ってプレハブ内を示すと、慌ただしく救出に駆けこんだ。

これでカリナの身は安心だ。

戦況は、八対四。四人が二匹ずつを相手にするなら、あっという間にカタはつく。強力な助っ人の登場で、すでに男たちの連携はガタガタに崩れているのだ。

加勢を知ったシドは鋭い爪をかけて素早く木によじ登り、枝から枝へと飛び移っては男たちをかく乱する。瞬時に足場を選ぶ判断は的確だ。シドを追って木の下を走る彼らを巽が蹴散らし、反撃しようと構える者を大牙が体当たりで阻止していく。その背後から襲いかかろうとする一匹に、漆黒の肢体が枝から飛び降りざま羽交い絞めのようにして、爪をたててローリング技をくらわす。シド、大牙、巽の見事な連携攻撃に対し、男たちの動きは目に見えて鈍っていた。

亨が再び乱闘に身を投じると、優勢な状況は一方的な勝利となり、敗北の声をあげる男たちが次々に人間の姿に戻っていった。

大牙と巽も変身を解き、車の中に残した服を引っ張り出した。

「あ～、いちいち面倒くせえ」

「ほんとだよ。なんとかならんかね」

愚痴りながらゴソゴソ身に着けた。

「この、大ばかどもが！」

鬼の形相の片桐老が、一箇所に集めた男たちを叱りつける。

裸で座りこんだ男たちは、肩を落としてうなだれた。

「雄治に白状させたぞ。とんでもないことを企ておって」

名和が、唇をわななかせて片桐老を仰ぎ見た。雄治というのは彼の息子で、この春高校を卒業して家業を手伝っている名和工務店の跡取りだ。

「と、頭領……。せがれは、この計画を知ってるだけでなにもしてません。どうか……雄治だけは」

「同罪だ。幼い子供に手をかけるなど言語道断。こんな卑劣《ひれつ》な行為、犯罪以外のなにものでもない。おまえたちは、社会の一員としてまっとうに暮らす我ら一族の顔に泥を塗ったんだぞ。全員、厳罰を覚悟しておけ」

「待ってください。ひ、ひどいことをする気はなかったんです。ダム計画が中止になるまで預かろうと」

「長老会で釈明するがいい」

片桐老は怒りも露《あら》わにはねつける。

「お……俺は、ただ……」

名和はさっきよりも深くうなだれ、小さく肩を震わせた。

「村の家は、全部……名和が建てたんだ。俺は、先祖の建てた家を……丹精こめて補修してきた。俺も、新しい家をたくさん建てた。息子から……孫、曾孫《ひまご》、子孫に託すつもりで、魂こめて」

かき消えそうに震える名和の声が、悲痛な心を訴える。片桐老は苦渋の表情を浮かべ、両の拳を固く握りしめた。

「先祖の家を……自分が建てた家を、ダムの底に沈めたくなかった……」

「お、俺らは、親方と一緒に、村中の家を手がけてきたんだよ」

「先祖が作った家……村を失くして、どうやって生きていくんだ」

「知らない土地には行きたくねえよぉ」

絶望感に打ちひしがれた男たちが、それぞれの想いを抱いてすすり泣く。彼らは、何代にも亙って村の家屋建築に携わってきた男たちだったのだ。

冷えた夕風が銀の被毛を吹き抜けて、亨の胸を切なく軋ませた。

群れをなして生きる狼は、個になると弱い生き物だ。指針を示し、牽引《けんいん》してやらなければ、無茶をして社会からはぐれる者が出てしまう。亨は、頭領という存在の必要性を改めて思い知った。

漆黒の獣は、身じろぎもせず男たちを見つめていた。

「おまえたちの気持ちはわかる。辛いのは、みな同じだ。だからといって、許されることではなかろう」

「名和さん、みんな。これからのことを、一緒に考えていこうじゃないか。さ、もう服を着て村に帰りなさい」

史彦が慰めるように言って促すと、男たちはノロノロと立ちあがった。

「気の毒だが、しかたないな」

プレハブに入っていく裸の背中を見ながら、大牙がため息をついた。

巽が、亨の銀毛の頭をクシャと撫でる。

「あいつら、過激な反対運動をしてたそうだ。だから父さんから連絡がきて、もしやと思って工務店に乗りこんで息子を締めあげた。簡単に白状してくれたよ」

そう言って、やれやれといった顔で笑った。

「やりきれんな……。力で押さえつけようとすれば、力の報復が跳ね返ってくる。そしてまた力の報復のくり返し。世界に向けて開いた現代社会では、何百年も続いたやりかたはもう古いのかもしれん」

片桐老は力なくこぼすと、シドに向きなおって両膝をつく。

「すまないことをした。我々は、他の土地に移って一からやりなおす。二度と傷つく者のない新しい村を築いていく。それが償いだと思って……。どうか、許してください」

正座の姿勢で心からの償いを表し、深く頭を下げた。

なにがあろうと信念を曲げず、他人に頭を下げたことなどない人だった。連綿と受け継いできた掟を、頑固なまでに守ってきた片桐老だ。

初めて見る祖父の姿に、亨は不思議な驚きと感動を覚えてしまう。大牙、巽、史彦も、感慨の表情で頷いた。

シドの胸に開いた穴は塞がるだろうか。愛する兄を亡くした痛みは、少しでも癒えるだろうか。

もの言わぬシドは、踵《きびす》を返す。両脇に従った双子がペコリとお辞儀をして、獣の姿に変身した。

黒豹のカナデ、銀狼のカリナ。トーマスと真紀が最期まで貫いた愛の、結晶。種族を越えた伴侶の証《あかし》だ。

緩やかに顔を振り向けたシドが、片桐老と家族を見渡し、亭に視線をとめた。

その金の瞳に、和解の色が見えた。

漆黒の獣がしなやかに大地を蹴り、柔軟な肢体が躍動して樹々の合間に吸いこまれていく。幼い獣たちが、すぐあとに続いた。

騒動の翌日。校内にシドの姿はなかった。

学校から帰ると、「ダム建設の予定地が変更になったぞ。ここらの地質は掘削条件がよくないとかなんとかで、村は候補から外された」と史彦が晴々とした顔で言った。

シドは、祖父の償いの心を受け入れてくれた。彼は再び眼力を使って、発言権を持つ上層の人間に予定地を変更させたのだろう。

その翌日も、シドは学校にこなかった。

そして、今日――。ホームルームで配られた月間スケジュール表の隅に、アメリカの病院に戻ることになったという報せだけが載せられていた。

シドは計画どおり村を窮地に陥れ、そして最良の決着を見た。もう、彼が日本にいる理由はないのだ。

彼は、このまま会わずに帰ってしまうのだろうか。自分は、彼との関係が終わってしまってもいいのだろうか。平穏を取り戻した村を捨ててシドを選んだとして、和解を迎えた彼との関係はどう変わるのだろう。

わずかな逡巡が、亨を躊躇《ためら》わせる。

英語教諭のへたくそな発音を聞き流しながら、窓の外に瞳を馳せた。

ふいに、学ランの右ポケットがブブブと振動した。こっそり机の下で携帯を開いてみると、カリナからのメールだった。

『ロスに帰ることになりました。十時くらいに家を出る予定です。日本の小学校に通ってみたかったな。ＰＳ・シドがすごく寂しそうよ　カリナ』

唐突に、亨の胸が大きく揺れ動いた。

十時に家を出る。あの白樺に囲まれた家に行っても、もう二度とシドに会えない。嫌だ。会いたい。

「って、あと三十分しかないじゃないか」

亨は、砕き潰しそうなほど強く携帯を握りしめて立ちあがった。

「早退します！」

叫ぶとあとも見ず教室を飛び出し、階段を二段抜かしで駆け下り、自転車置き場に全力で走った。

シドの家まで、早足で一時間足らずの距離。自転車を飛ばせば、たぶん、きっと、間に合う。

相変わらずひしめく自転車群をなぎ倒し、我が電動アシスト自転車を引きずり出す。サドルにまたがると、両足に力をこめてペダルを踏んだ。

シドを選ぶことだけを前提にして考えるから、いけないのだ。なにがあっても、どんな障害があろうとも、シドを想う気持ちは変えられない。

足踏みはもうここまで。先に進むために、この気持ちを貫くために、葛藤《かっとう》をリセットして彼の胸に飛びこんでみよう。

頭領家はいずれ自分が継ぐ。そのあとのことは、未知数。世の中が変わっていけば、村のありかたもリーダーの存在意義も変わっていく。

変えていくのは、自分なのだ。

カリナ、カナデ、日本の小学校に通わせてやるぜ！　亨は胸の中で力強く叫んだ。

電動アシストを全開にして坂道を登り、漕《こ》ぐ足を緩めず下り坂を疾走する。

途中の農道で、なぜか大量の豚が行く手を阻んでいるのに遭遇して「こりゃなんの悪夢だ！」と卒倒しそうになった。

ヨロヨロと蛇行《だこう》しながら豚を避けて進んでいると、豚舎のオジサンが道の向こうで呑気に手を振る。

「おーい、そこのにいちゃん。豚舎の柵《さく》が壊れて逃げ出しちまったんだぁ。悪いが、そいつらのケツ叩いてこっちに追いこんでくれねえかい」

いやいや、この何十頭といる豚のケツを叩いてたら時間が……。しかし、道に広がったこいつらをなんとかしないと、なかなか先に進めない。

亨は自転車から降り、カッと獣の気配を放出した。とたん、反応した豚の群れがピイピイと怯《おび》えた鳴き声をあげて亨から離れた。

「おおぉ、立派な豚追いになれるぞぉ、にいちゃん」

いやいや、そんなものにならないから——と思う。亨は獰猛《どうもう》な牙をむき出して右に左に走り、逃げ惑う豚の群れをオジサンのほうに追いこんでいく。道が半分空いたところで、自転車に戻ってサドルにまたがった。

「ごめん、悪い。ここまで。急ぐからっ」

言うと、また力いっぱいペダルを踏む。

五分以上はロスしただろうか。ただでさえギリギリ間に合わないかもしれない時間だったのに、これでは確実に間に合わなくなってしまう。

しばらくしたところで亨は農道から逸れ、自転車を担いで草深い森林に分け入った。

人目の届かなそうな木陰まで進むと、自転車を投げ捨て、変身して服も脱ぎ捨てた。誰かに見つけられたら物騒な事件が起きたと思われるだろうが、そんなこと気にしてる場合じゃない。

もし間に合わなくても、この姿のままどこまでも追いかけて、空港に到着する前に捕まえてやる！

銀毛の狼となった亨は、生い茂った草をかき分け、樹々の合間を全力で疾駆した。

曲がりくねった道路を自転車で走るより、道なき道を一直線に突っきったほうが断然速いのである。

白樺林に続く道に出ると、出発したシドの車がそのへんを走ってやしないかと振り向いて目を凝らす。

バウンティ宅の前に、シドの車はまだ停まっていた。

家の中で人の動く気配がある。亨は、ベニヤ板を張って応急処置したドアを跳躍でぶち破って飛びこみ、着地するなりシュッと変身を解いた。被毛にくっついていた小枝や葉っぱが、パラパラと床に落ちた。

テーブルやソファ、家具に白い布がかけられて、室内はこれから無人となるであろう様相を呈す。

シドと子供たちは、今まさに出発しようとバッグを手にしたところだった。

「亨……？」

シドは、啞然としてバッグを取り落とす。

「すごいわ、亨ちゃん！　やっぱり間に合った」

「ドラマチックでエキサイティングな登場だね！」

双子は歓喜の声をあげた。

「お、おまえらぁ……メールするんだったらもっと早くしろよ」

文句を言う声が、ゼイゼイと掠れてしまう。カナデが自分のバッグからペットボトルを出して、そっと亨に差し出した。

「三十分で駆けつけてくれたら、亨ちゃんは一生シドに添い遂げてくれると思ったんだ」

「亨ちゃんが引きとめてくれたら、シドはきっとロスに帰らない」

そりゃ、これだけ苦労して駆けつけたら、もう離れるに離れられないぜと思う。実際メールを読んで、瞬時に逡巡を振りきってきたのだから。

七歳の子供に愛の深さを測られたのである。なんだか脱力して笑ってしまう。

ひと息にミネラルウォーターを飲み干すと、シドが上着を脱いで亨の肩に着せかける。

「とりあえず、二階にまだ俺の服が残ってる。それを貸そう」

二階にあがってシドの部屋に入ると、やはり家具に白い布がかけられていて、本棚は空っぽ。本気でなにも言わずに帰るつもりだったのかと実感すると、なんだかフツフツと腹がたってきた。

「なんで俺を置いて帰っちゃうわけ？」

亨は、白い布をかたっぱしからはがして床に投げ落としていった。

「あれだけ図々しく迫ったくせに、引き際よすぎるだろ」

「亨が、俺を選んでくれないから」

シドは、自虐的に微笑《わら》って答える。

「はあ？　なに気弱なこと言ってんだよ。あんたらしくもない」

亨はズカズカとシドに歩み寄り、平手でパンと胸を叩いてやった。

「俺もばかみたいに悩んだけど、やっと気がついた。どっちかがどっちかを選ぶなんて限定するから、ややこしくなるんだ。大事なのは、愛されてるかどうかじゃなく、どれだけ愛してるか、だろ」

言いながら、今度は人差し指をシドの胸につきたて、グリグリする。

「俺はシドを選んだ。あんたも、俺を選べ」

亨を見つめるシドの瞳が、ゆらゆらと揺れた。

「あんたみたいに歪んだやつ、愛してやれるのは俺しかいない。俺の愛で根性叩きなおしてやるぜ。だから、アメリカに帰るな」

言いたいことをきっぱり言いきってやると、シドが両腕を広げて亨を胸に抱きこんだ。

「ほんとに、まっすぐで……魅力的な狼だ」

額にキスをされて、それが頬に落ちて、それから耳たぶをチュッと食《は》む。

「さっき飛びこんできた亨のサプライズも、今の愛の告白も、感動的すぎて倒れてしまいそうだよ」

抱きしめられた体がグラリと仰向《あおむ》けに傾く。目に映る部屋の情景が回って、抱き合ったままベッドに押し倒された。

「ロスから持ってきたものは全部送り返してしまったんだ。こっちで買ったものは業者に処分を頼んであるんだが、キャンセルしないとな」

「ドアも、早いとこつけかえなきゃ？」

彼が自分を選んでくれたのだと思うと、亨の中に安堵《あんど》が広がって、心臓がトクトクと甘い音を鳴らした。

「アメリカに、帰らないんだな？」

確認すると、シドは亨の首筋を熱烈に吸って応える。

「んっ……ふ」

シドは上着の袖から亨の腕を引き抜き、裸の肩に頬をすり寄せる。亨もシドの素肌に触れたくて、手探りでシャツのボタンを外していった。

「俺は心が広いから……。愛されてる順番がトーマスの次でも目をつぶってやるよ」

どうしてもひっかかる最後の愚痴を、嫌味にしてこぼす。言うほど心が広くないのである。

「なぜそんなトーマスに対抗するんだ？」

「だって、ほんとは一番がいいだろ」

「おかしいな。あれだけ愛してると言ったのに、どうして通じてないんだ。トーマスは俺にとって子供の頃から特別だが、今はもうひとつ特別ができたというだけのことだ。だから亨も、トーマスとは比べられない俺の一番だぞ？」

「……あんたの精神構造、よくわかんねーな」

「亨が単純すぎるんだろう」

「う～ん？　愛されてるなら、なんでもいいけど」

亨は眉間を寄せてちょっと考えてから、あきらめてパタリと頭の両横に手を落とした。

特別がふたつあって、どっちも一番。シドには当たり前のことでも、そんなの言われなきゃわかんねーよと思う。やっぱり彼はどこかベクトルが違うのである。だけど愛がまじわってさえいれば、そんなこと問題じゃない。好きになったら、常人と外れたところがあろうがまるごと好き。細かいことなんか気にせず一直線だ。

「あのさ……俺たち、お互いの暮らしを尊重して添い遂げられたらいいなと、思うんだ」

「そうだな」

「俺は、大学を卒業したら公務員になって、じいちゃんと父さんのあとを継いで村を守っていく」

「はっきりした将来図だ」

「地味だけどね、ガキの頃から決めてたことだから」

「じゃあ、俺はこの近辺で仕事を探そう。町医者になるのもいいかな」

「もったいないよ。優秀な医者なんだろ？　三つ隣の町にある総合病院なら、ドクターヘリのポートとか救急体制とかあるけど」

「潜りこんでみる」

「眼力を使ってか」

視線を合わせて笑うと、惹きつけてやまない唇どうしが重なった。

「俺は、亨を選んだ。生涯、おまえのかたわらに寄り添ってやろう」

心を誓うキスが、亨の口の中に熱い言葉を送りこむ。

「うん。俺たち、生涯の伴侶だ」

シドの首に腕を絡ませると、ついばむキスが甘やかに会話をまじわらせた。

「初めて会ったときは、まだ自分の気持ちなんてわからなかったんだ。でもシドのことがすごく気になってどうしようもなかった。いやらしいことされても、シドのことが知りたくなるばかりで……。やっと今になって、あれは俺の生涯の伴侶だから惹かれてたんだなって、わかった」

「実は、最初にいやらしいことをしたのはイタズラ心からだった」

「……やっぱりか。そうだろうとは思ってたけど」

思わずほっぺたを膨らませてしまう。だとは思っていたが、改めて聞くとガックリだ。

シドは、亨の膨れた頬を指でつついて、唇からプッと空気を吹き出させた。

「怒るな。亨が可愛いからイタズラしたくなったんだ。してみたら、もっと可愛くなって、他にもいろいろしたくなった。今思えば、亨が生涯の伴侶だから……俺も初めて会った瞬間から惹かれていたんだよ」

それならよし、と亨の顔がへにゃりと緩んだ。満足のいく白状が聞けて、気分がすっきりというか、股間《こかん》がせっかちに脈打つというか。早く肌を合わせたくて、せかせかとシドの服を脱がせる。

裸の体温を重ね合わせると、しっとりと吸いつく感触が心地よくて、それだけで昂揚《こうよう》して勃起が促された。素直な股間が、ドクドクと脈打って快感を現した。

シドの熱っぽいキスが亨の唇を深く捉《とら》え、巧みな舌先が歯列をなぞっていく。亨も舌先を使って応えると、互いの蜜《みつ》がトロリと搦《から》まり合う。

口腔《こうくう》を探り、重なる唇のわずかな隙間から惜しむようにして息を継ぎ、そしてまた深く舌を差し入れて探り合う。くり返し求める愛撫《あいぶ》が、艶《つや》めかしい水音をたてた。

「好きだよ……シド」

「愛してる」

キスが離れると、意識せず伝えたい想いがお互いの唇からこぼれ出した。

何十回、何百回「好き」と囁いても、この気持ちを言い表すには全然足りない。もっともっとこの情熱を伝えたい。

亨は、語りつくせない感情をこめてキスを返す。夢中になるあまりシドの舌をくちゅくちゅ食んで、そのまま呑みこんでしまいたくなった。

シドも想いは同じ。熱烈なキスが亨の唇から柔らかな喉元へと移動して、性急に鎖骨を舐《ねぶ》り、胸を襲う。

「ん……はっ」

乳首をついばまれて、赤く色づいていく実がキュウッと収縮して尖った。

小さな固い感触がシドの口の中に吸いあげられ、ぬめる舌に弄ばれる。

軽く嚙まれると、ビリビリする快感が下腹に落ちて、呼吸するかのように勃起が固さを増した。

片方を食べられながら、ふいに空いている乳首を爪《つめ》でかかれて、胸がビクンと跳ねあがってしまった。

歯をたてて何度も齧《かじ》られて乳首の奥がジクジクとしこる。それを吸いあげて口の中でこねられて、乳輪がふっくりと膨れた。

ツンと尖った先に指の腹を押しつけ、痛いくらいにグリグリと揉《も》みこまれてたまらず身《み》悶《もだ》えた。

両方同時に弄《いじ》られる乳首が痺《しび》れて、これでもかというほど過敏になっていく。喘《あえ》ぐ喉が早くも渇いて、押し出される声が掠れた。

心が結ばれた充足感のせいだろうか。今までよりも過敏で、息がとまりそうなくらい感じてしまうのだ。

野生の五感がどんどん研ぎ澄まされて、体のあちこちが欲求にうごめいてせっぱつまってきた。

快感に紛れて、頭とお尻がムズムズする。

「う……あ……出ちゃ……っ」

それはだめだと、とっさに食い縛る。これ以上感じさせられたら本当に息がとまってしまいそうで、懸命にたえようとした。しかし。

「早いな。射精していいぞ」

シドは、亨の張りつめた屹立をキュッと握る。

根元から上に向かってひと扱《しご》きされて、亨は思わず息をつめて焦りの声を漏らした。

「ちが……だめ……あっっ」

必死に我慢したけど、耳と尻尾がポンと出現してしまった。

「……出ちゃった」

仰向けの股の間で、銀毛のふさふさの尻尾がパタパタ揺れる。

「半変化の限界点だったか」

「我慢してたのに……、だめだっつったろ」

「いいじゃないか。快感が倍増して」

シドは笑って言いながら、髪の中からぴょんと立った銀毛の耳を齧った。とたんに下腹まで電気が走って、悩ましい刺激に尻尾が高速で揺れてしまう。

「や……っ、だめだって。も、ただでさえ……死にそうなくらい感じてるのに……、半変化になったら……」

耳を齧られただけで息も絶え絶えだ。これでこのあとアレやコレやされたら、ほんとに感じすぎて死んじゃうぞと思う。

「可愛いな。ほどほどにしてやるから、可愛い亨をもっと見せろ」

シドはニヤリと笑うと、いきなり亨の屹立を咥えこむ。

「ふぁ……っ！」

ほどほどなんて言っておいて、とんでもない。まるでラストスパートをかけるかのごときピッチで頭を上下に動かし、根元の膨らみを押しあげて揉みしだく。

さらに、舌技をこらして勃起を隅々まで舐《な》められ、吸われながら、幹を括《くく》る指で扱かれる。そして、窪《くぼ》みを暴いて中に押し入った指の抜き差し。

襞《ひだ》をほぐして、内壁を広げ、挿入の準備まで息もつかせぬ勢いで施される。

「ああっ……あ……はっ、あ」

今まで発したことのない高い喘ぎ声が次々にこぼれ出して、とめようと意識するのにとめられない。

あまりの恥ずかしさに思わず耳を塞いだけれど、艶めかしい自分の喘ぎにエコーがかかって耳の中にやたらと響く。

よけい恥ずかしくなって、でもこんな声をシドに聞かれてると思うとなぜかそれがまた刺激的で、快感がますます昂ぶって頂点に追いあげられる。

神経がむき出しになっているような過敏な先端をくちゅくちゅ食まれ、足の指が攣《つ》りそうなほど強張《こわば》った。

今にも白液を噴き出しそうな鈴口を舌の先で抉《えぐ》られて、粟立《あわだ》つ体を硬直させた。

「う……く……んぁ」

前に三分だの五分だのと、カップ麺《めん》の時間にたとえられたことがあったけど、男としては太麺パスタが茹《ゆ》であがるくらいの時間はたえてみせたい。

と思うのに、容赦のない愛撫はガンガン攻めてくる。

「あ……あっ……は」

指の抜き差しに煽《あお》られて、シドの熱塊を求めるざわめきが体内に広がっていく。必死に我慢しているのに、中の一番敏感な箇所をクリクリ擦《こす》られて限界点に火がついた。

「はあっ」

一瞬、体が弛緩《しかん》してすぐに強張り、大きく反らした背中がスプリングの上で跳ねた。

シドには亨の頂点がわかるのか、内部を擦るクリクリがグリグリになって、外では幹を握る手がゴシゴシときついストロークをしかける。

ふいに、シドの口が亨の先端を強く吸い、チュパッと音をたてて離れた。

それが引き金となって、まるでポンプで吸いあげられたかのように出口に向かって熱流が走る。

こらえようもなく膨張した屹立が、とんでもない快感を伴って破裂した。

「やあぁ……っ、ああーっ！」

いったいどこの女子の嬌声《きょうせい》かと思うような、自分の耳を疑う悲鳴をあげてしまう。気がつくと、勃起がビクンビクンと痙攣しながらシドの目の前で白濁を噴き散らしていた。

シドは愛撫をとめて指を抜くと、精液にまみれた亨の屹立に熱っぽい吐息を吹きかけて蕩《とろ》けそうに囁く。

「すごかったな。初めて聞かせてもらったいい声だ。可愛くてたまらない」

「や……やめろよ。こんな……女みたいな声……恥ずかしいんだから」

息切れしながらの声が、うわずって引っくり返る。

「挿れられていかされるより、声を出すほうが恥ずかしい？」

「そ、それは……。最初から最後まで全部、は……恥ずかしいに決まってるだろ」

シドは、亨の膝裏を持って大きく足を開かせ、露わにした局所をじっと見おろす。

「ああ、なるほど。ここの口が恥ずかしそうにヒクヒクしてる」

「ちょ……ほんと、勘弁して……」

恥ずかしいの連呼で、へんに意識してしまって羞恥《しゅうち》が倍増だ。ところが羞恥とは裏腹に、なんとも言えない淫乱《いんらん》な欲求もゾワゾワと湧いてきた。

そうなると、元来が行動的なうえに　負けず嫌いの亨である。

「俺もシドの体、触りたい。ソレ、咥えていかせてやる」

やってみたくて、ワクワクする尻尾がハタハタと左右に揺れた。

「嬉しいセリフだな」

態勢を逆転すると、シドはベッドヘッドに枕《まくら》をたてかけて、ゆったりと背をもたれさせて座る。

亨は、さっそくシドの胸に唇を寄せ、乳首をペロリと舐めてみた。なぜか舌に触れる小さな実の感触に刺激されて、自分の乳首のほうがキュッと縮んでしまった。

次に、口に含んでチュクチュク吸ってみる。さぞよがっているかと反応を上目で窺ってみると……。シドは嬉しそうに目を細め、穏やかに微笑んでいた。

「む。感じてないの？　不感症か？」

乳首をしゃぶりながら、文句をたれてしまう。

「気持ちいいよ。だが感じるというのとは少し違うな」

「なんで」

「個人差だろう。性感帯のひとつではあるから、訓練しだいでは開拓できると思うが」

「つまんねーの。じゃあ、こっちでよがらせてやる」

こんな平静でいるんじゃ、根気も時間も必要そうだ。訓練してたらこっちのほうが余裕がなくなりそうなので、最初の目的どおりシドのソレを咥えてみることにした。

やりたい欲求に導かれ、胸からみぞおちまでキスを下ろし、引き締まった腹筋をじっくり楽しんで目的地に顔を伏せる。

隆々とそそり勃《た》つ幹を握り、全容にキスの続きをいくつも降らせた。ときおり強く吸うと、握った感触がドクンと脈を打つ。

「どお?」

手応えを感じて訊いてみると、今度はシドは甘い息を吐いた。

「いいね。ズキズキするよ」

満足である。男のモノを口にするなんて初めてだけど、同じ体の構造なのでどこが悦《い》いか、だいたいわかる。それに、シドにさんざんしてもらってる経験上、乳首と違ってココなら感じさせてやる自信はあるのだ。

根元から亀頭《きとう》に向かって、もったいつけてゆっくり舐めあげてやる。固く張りつめた物体が愛しくて、舌が蕩けてしまいそうだ。

過敏な先端部分を口に含んでくちゅくちゅと舌先を動かしていると、目のはしに悠々とくねる黒い鞭《むち》が見えた。

「尻尾……？」

それは、黒豹の尻尾だった。見あげると、シドの頭からも黒い耳が生えている。

「ああ。亨の舌をもっと感じたいから」

微かに掠れる低い囁きを聞いて、亨のお腹の中がズクリとうごめいた。

半変化の状態は、性感が普段の何倍も研ぎ澄まされる。亨の初めての愛撫に彼は感じてくれて、さらにもっと感じたいと思ってくれているのだ。

こんなに悦《よろこ》んでくれてるなら、ぜひとも口と手の妙技でいかせてやらなくては。などと勢いづいて、亨はシドを口いっぱいにほおばった。

えずいてしまいそうなほど喉の奥まで咥えこんで、頭を大きく上下に動かす。

シドの隆起がビクビクと膨れて質量を増した。

「気持ち悦い？」

ちょっと動きを休め、シドを咥えたままモゴモゴと窺う。

「悦いよ。初めてとは思えないくらいじょうずで、もう融けそうだ」

シドの声に刺激されて、亨の屹立が欲求を感じて疼《うず》いた。本当に今にも融けてしまいそうな艶めいた吐息まじりの声だ。

亨は嬉々として、子供がアイスキャンデーを食べるみたいなねっとりした舌使いで、何度もシドを舐めあげる。それから根元を指で括ると、細かい動作でキュッキュッと扱いていく。

頭の上で、さっきよりも艶っぽい吐息がこぼれ、長い指が亨の髪をまさぐった。半変化で、かなり感度が増しているのだ。

「感じてる？」

わかっているけど、感想を言ってほしくていちいち訊いてしまう。

「ああ、感じる。俺のが、亨の口の中で大変なことになってるだろう」

「うん……」

大変な状態がどういうことになっているのか、見えなくても感触でわかる。

亨の口の中を圧迫するほどの逞《たくま》しい隆起が、括った指で扱くたびに鼓動して高熱を発する。そして溢れ出る露が舌にぬめりを広げているのである。

シドの官能に誘発されて、亨の勃起の疼きが痛みに変わってしまってもうたまらない。

愛撫を施す側だというのに、呼吸が乱れて喘ぎ声を漏らしてしまいそうだ。

大きなものをほおばっているせいで、鼻と喉が塞がれているも同然だからだろう。息苦しくなってきて隆起から口を離すと、ハアハアと速い呼吸で酸素を取り入れる。

「すげえ……濡れてる」

勃ちあがったシドの隆起を目の前にして、思わず驚きの声が出た。驚きというより、感動したというほうが近いかもしれない。改めて見たそれは、色濃く熟しきった重砲。固く張った表面は艶を帯び、先端からとめどなく溢れる透明な露を滴らせていた。

これが自分の中に挿入されるのだと思うと、期待と喜びで身悶えてしまう。へたしたら想像だけでシドより先にいけてしまうかもしれない。

「亨のここに入りたくて、準備してるんだ」

「あふ……っ」

背後に伸ばした手で後ろのソコを触られて、性感がビクンと跳ねた。シドの訪れを待ちわびる窪みが一瞬ギュッと締まって、すぐ「早く早く」とせがむかのようにふにゃりとほぐれて広がった。

「も……だめ……だ」

亨は、シドの下半身から体を起こし、ほとんど喘ぎの声で訴える。

「いかせてやろうと……思ったのに……、俺のほうが我慢できない」

亨の体が引き寄せられて、シドの胸に抱きとられた。亨はシドの首にしがみつき、大きく足を開いてそそり立つ隆起をまたいだ。

「焦るな。ゆっくりしないと、いくらほぐれていても痛むぞ？　ほら落ち着いて、息を吸って——吐いて」

裂けたっていい！　と思ったけど、さすがにそれは困るので、シドの声に合わせてスーハーと深呼吸で焦りを鎮める。

「ま……っ、まだ？」

シドは隆起の先端を亨の窪みに潜りこませ、腰に手をあててゆっくり下ろさせていく。

「そのまま。慌てないで少しずつ俺を呑みこんでいけ」

誘導に従って、昂ぶる欲望を抑えて腰を下ろす。しかし、奥深くへと入ってくる熱塊の重量感に、快感がザワザワと騒ぎ出して焦りがぶり返してしまう。

シドのすべてが自分の中に埋まったのを感じて、亨は腰を引きあげる。勢いよく落として最初の衝撃に身を震わせると、もう堰《せき》が切れたように夢中になって腰を振り動かした。

運動をサポートするシドの手がひどく扇情的に感じられて、つかまれた腰が痺れに似た掻痒《そうよう》感を太腿《ふともも》まで走らせる。悶えて身をよじると、体内が締まって呑みこんだシドの重量を鮮烈に実感する。

ゆさゆさと激しく上下するたびに胸が擦れ合って、収縮する乳首がウズウズして気持ち悦い。尖った乳首をわざとシドの胸に擦りつけると、ツンと立った先がすりむけそうなくらいピリピリして、それがまた悦《よ》くてどうしようもない。

全身どこでもが、頂点に誘いあげる性感帯だ。

半変化の耳が倒れて、尻尾がちぎれそうなくらいパタパタと勝手に揺れてしまう。

「あふぅ……ん」

ふいに尻尾をつかまれて、腰が砕けて切ない鼻声をあげてしまった。

運動がストップすると、今度は内壁がシドの熱塊を練り、咥えこんだ根元を襞がきつく締めつけた。

「半変化のセックスは、まるで媚薬《びやく》だな。悦すぎてやみつきになりそうだ」

「あ……っ」

結合したまま反転して組み敷かれると、シドの隆起がズルリと引き抜かれる。またすぐ潜りこんだと思った瞬間、奥深くまでひと息に貫かれて悲鳴をあげた。

「ああっ、……あっ、あ！」

息つくまもなく最奥を突くストロークが繰り出される。

内壁に張り巡らされた神経がむき出しになって、それをあの大きくて固い熱塊が容赦なく往復しているような感じだ。その中でも射精感に直結する特に過敏な一部分が、電気を流され続けているみたいに痛烈に勃起を刺激する。

シドの二の腕をつかむ指に力がこもって、皮膚に爪が食いこんでいく。

「ああ……んっ、もっと……もっと、なんか……っ」

「足りないのか？」

「ちが……あ……シド……はあ」

体が貪欲《どんよく》になりすぎて、足りないわけじゃないのに、もっとなにかしてほしくてたまらないのだ。

知らず右手が自分の乳首をつまみ、左手が腹の下に這っていく。「早くしてくれ」とせがむ無意識のデモンストレーションだ。

「淫らな亨に応えてやろう」

シドは、亨の乳首をくにゅくにゅと指で揉んで、それからひっかくようにしてつねる。

「あ……ふっ……」

亨は身をよじりながら満足の喘ぎを漏らした。

要求を叶《かな》えるシドの手が、亨の腹を這い下りて屹立を握った。突きあげる熱塊の律動をくり返しながら、幹の真ん中を中心に上下のストロークで摩擦を加える。

これ以上は無理というくらい、パンパンに張った屹立が先走る露を散らす。ふいに勃起の根がスパークして、鮮烈な射精の欲求に襲われた。

「いく……、いかせ……て」

沸騰する快感の濁流に呑みこまれ気が遠くなりかけて、思わず両手を伸ばした。

応えるシドの体が重なって、亨の肩をきつく抱きしめる。逞しい腕の中で亨の体が何度も跳ねた。

唇と喉がカラカラに渇いて張りついて、喘ぐばかりでもう声も出ない。

昇りつめた頂点で呼吸のとまりそうな愉悦を味わい、我を忘れて腰を振り動かす。

「ん……、亨……っ」

息をつめて呼ぶシドの囁きが、亨の耳の中で甘く蕩けた。彼が極みに達したのだと知って、亨の性感が高速で上昇した。

「あ……はっ、ああっ」

「……くっ」

抱き合う互いの四肢が強張る。弾けた愉悦が高熱を放ってシドと熔《と》け合った。最後の律動が亨の奥を叩いてとまり、焼けつきそうにドロリとした感触が艶めかしく内壁に広がった。

シドの首にすがりついたまま、亨は口をパクパクさせて息を吸った。

気を失っているのかと思ったけれど、意識はある。甘く痺れた感覚が少しずつ落ち着いていくうち、やっと掠れた声が出た。

「シ……、シドも……俺の中でいった？」

言う口の中まで甘ったるく痺れて、ろれつがちょっと舌っ足らずになってしまう。

「ああ。亨の中に俺のが溢れて、ぐちゃぐちゃだ」

「なんか……アソコが沸騰したみたいに熱くて……わけがわかんないや」

「亨の体はいつも最高だが、今日は特に気持ち悦かった」

異常に悦すぎて、運動しすぎて、節々がギシギシ軋む。狼に完全変身して全速力で山を一周するよりも、疲労困憊《こんぱい》したと思う。起きようとしても体が石みたいに重くて、身じろいだものの、うつ伏せになったところで力つきてしまった。

「は……半変化でやるのは、もう……遠慮して」

訴える声が、息も絶え絶えだ。耳も尻尾もしまう余力さえない。

「ギブか？　タフな狼少年が、情けないぞ」

「や、もうほんと……毎回これやってたら死ぬ。俺、いつか腹上死する……」

「ああ、そうか。まだ慣れてないのに、加減しなかったからきついんだな。次はもう少し緩めでやってみよう」

「あうぅ……」

運動が激しすぎて体がきついというのもあるが、それ以上に、自分にあるまじき乱れようを思い出すと、恥ずかしくてもうほんと勘弁してくれと思うのである。

心身ぐったりで、ベッドにうつ伏せたまま動けないでいると。

「シド～。亨ちゃ～ん」

「お腹空いた～」

ちょうど頃合いを見計らったかのように、階段の下から双子が呼ぶ。

いや、カナデとカリナのことだ。ちゃんとわかっていて、終わるのを待っていたのだろう。この強烈な発情の匂いは、たぶん階下にまで充満してる……。

「そろそろ昼か。冷蔵庫は空っぽなんだ。なにか食べに出よう。起きれるか？」

シドは、全身が羞恥で真っ赤な亨の背中にキスをして、ベッドから降りた。悔しいことに、微塵《みじん》の疲れも見せず涼しい顔で服を身につけはじめる。

負けずに起きあがろうとした亨は、四十五度の角度まで半身をあげたところでまたも力つきて伏せてしまった。

「水を持ってきてやるから、少し休んでから出かけよう。ところで、亨。学校は早退したんだろ。制服はどこで脱いできたんだ？」

「チャリと一緒に、森の中」

「途中で寄って、回収しないとな。その調子じゃ、今日は自転車で帰るのも辛いだろうから、夕方あたりに家まで送るよ。それまで四人でまったりすごそう」

「よろしく……」

「早退の言い訳を、亭のご両親にしておいたほうがいいか」

「し、しなくていい。小学生じゃないんだから」

「言い訳ついでに、俺たちの関係も報告しておこう」

「ちょ……っ」

相変わらず聞く耳持たない男である。

いきなり報告なんてとんでもないことだ。兄たちの例を見ても、ああだこうだと悶着《もんちゃく》が起きるのは必至。二人の関係を認めさせるには、まず片桐老を筆頭に長老会と対決しなきゃならない。そのためには、東京の兄たちにぜひとも援護を要請したいし、いろいろ覚悟と心の準備をしておかないと、あの頑固さには対抗できないのだ。

「まだ早すぎる。年寄りたちの頭の固さは、シドも知ってるだろ。すんなり認められるわけないんだから、二人でよく相談してからにしよう」

「そうか、わかった。残念だが、今日はあきらめる」

「シド～？　亨ちゃ～ん」

双子が、今度は階段の途中まであがってきて呼ぶ。返事がなかったので痺れを切らしたのだろう。育ち盛りの子供なのだ、よほどお腹が空いているらしい。

亨はうつ伏せたまま片手だけ挙げて、シドに指を三本突き出してみせた。

「三分、待って。きっちり三分で復活するから」

「おお、さすが亨。カップ麵ができるまでの時間だな」

「………………」

亨の手が、パタリとベッドに落ちた。

あとがき

みなさま、こんにちは。未森《みもり》ちやです。

大牙と巽に続いて、三兄弟の末っ子、亨のお話を書かせていただきました。

前作は兄カプの二本収録でしたが、今回はまるまる一冊じっくり亨カプ編です。半ケモケモえっちもいっぱい書けて満足です。

今作でも大牙と巽たちが登場しますが、前作の彼らの恋話『黒猫と銀色狼の恋事情』を未読でしたら、ぜひ読んでやってください。

イラストは、今回も椿《つばき》先生が描いてくださいました。表紙がとてもきれいで、子供たちは可愛いし、ほのぼのしてて素敵ですね!! あとがきでは仲良し三兄弟の子供時代まで描いていただけて、幸せです。椿先生、ありがとうございました。

そしてなにより、この本を手にとってくださったみなさま。ありがとうございました。ケモ耳ケモ尻尾ファンのみなさまに少しでも楽しんでいただけたら嬉しいです。

未森ちや

■ 片桐　亨

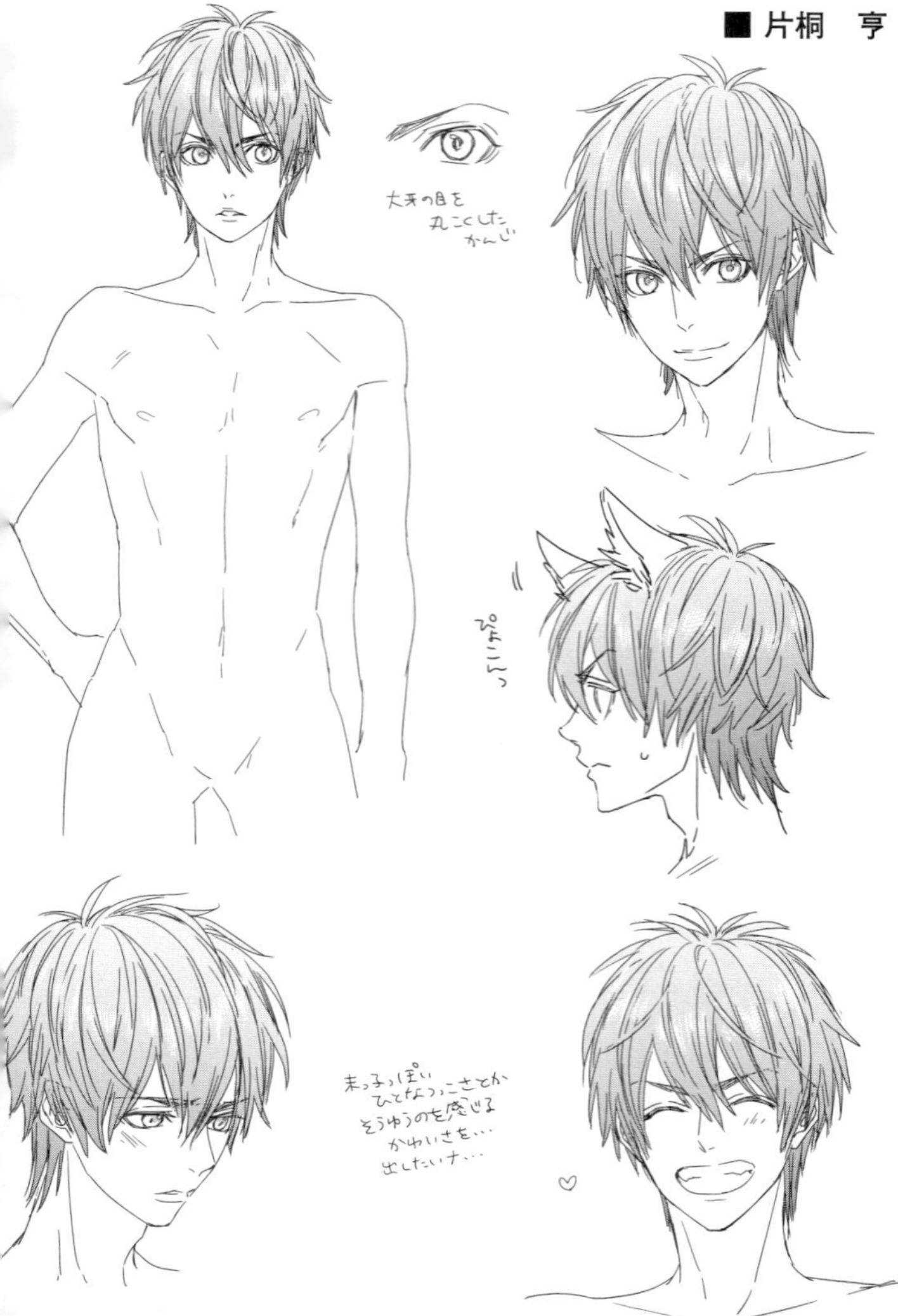
大我の目を
丸こくしたかんじ
ぴょこんっ
末っ子っぽい
ひとなつっこさとか
そうゆうのを感じる
かわいさを…
出したいナ…

■ シド・バウンティ

■ カリナ・バウンティ

■ カナデ・バウンティ

イラスト描かせて頂き、
ありがとうございました!!!

前作に続き、挿絵のご依頼を頂戴した時は本当に嬉しく光栄な思いでいっぱいでした…!!! しかも三兄弟の末っ子が今度は兄ちゃん達に負けない大活躍! それを見守る兄貴たちと同じような心境で読ませて頂き、描かせて頂いてたように思います♡ 三人とも個性的でかわいく… それぞれ幸せになってくれて胸が熱いですね…!!! 兄弟贔屓なあとがきですみません(笑) 今回も素敵な作品に携わらせて頂き幸せでした!! 未森先生、ご担当様、読者の皆様に心から感謝申し上げます。　椿本作品は書き下ろしです。

この本を読んでのご意見・ご感想・
ファンレターをお待ちしております。
〒101−0051
東京都千代田区神田神保町2−4−7
久月神田ビル7Ｆ
(株)イースト・プレス　アズ文庫 編集部

狼少年《おおかみしょうねん》と意地悪《いじわる》な黒豹《くろひょう》の悩《なや》める恋情況《こいじょうきょう》

2015年3月10日　第１刷発行

著　者：未森《みもり》ちや

装　丁：株式会社フラット
ＤＴＰ：臼田彩穂
編　集：福山八千代・面来朋子
営　業：雨宮吉雄・藤川めぐみ

発行人：福山八千代
発行所：株式会社イースト・プレス
〒101-0051
東京都千代田区神田神保町 2-4-7
久月神田ビル８Ｆ
TEL03-5213-4700　FAX03-5213-4701

http://www.eastpress.co.jp/

印刷製本　中央精版印刷株式会社

ISBN978-4-7816-1295-9　　C0193

AZ+ プラス コミック
青春ギリギリアウトライン
えのき五浪
AZ·NOVELS&アズプラスコミック公式webサイト
http://www.aznovels.com/

AZ+ プラス コミック
不純恋愛症候群《シンドローム》
山田パン
コミック・電子配信コミックの情報をつぶやいてます!!
アズプラスコミック公式twitter @az_novels_comic